强国梦歌

QIANGUOMENG GE

莫道已入冬，万里沐春风。

两千精英聚一堂，共商强国梦。

全党齐努力，改革再加功。

十年之后又翻番，中华更兴盛。

马长生 著

知识产权出版社

全国百佳图书出版单位

内容提要：

全书共收入诗、词、曲88首，分为强国篇、台港澳篇、保疆篇、法治篇、反腐倡廉篇等11个篇章，其中绝大部分系第一次公开发表。作者以满腔的爱国热情，从不同的角度，分别以诗、词、曲等形式抒发了中华民族的强国之梦，具有很强的感染力。正如湖南师范大学文学院副教授、硕士生导师、文学博士胡海义先生所指出的，本书"紧紧抓住强国梦这条红线，如号角阵阵，战鼓声声，铿锵有力，激荡人心！"使人"强烈感受到一代前辈师长的强国之梦是何其热切、深沉、真挚、执着。"

责任编辑：彭小华　　　　　　责任校对：董志英

文字编辑：王　岩　　　　　　责任出版：卢运霞

图书在版编目（CIP）数据

强国梦歌／马长生著 . —北京：知识产权出版社，2014.2
ISBN 978 - 7 - 5130 - 2583 - 6

Ⅰ. ①强…　Ⅱ. ①马…　Ⅲ. ①诗词 - 作品集 - 中国 - 当代
②散曲 - 作品集 - 中国 - 当代　Ⅳ. ①I227

中国版本图书馆 CIP 数据核字（2014）第 026803 号

强国梦歌

马长生　著

出版发行　知识产权出版社 有限责任公司

社　　址：北京市海淀区马甸南村1号	邮　　编：100088
网　　址：http：//www.ipph.cn	邮　　箱：bjb@cnipr.com
发行电话：010 - 82000860 转 8101/8102	传　　真：010 - 82005070/82000893
责编电话：010 - 82000860 转 8115	责编邮箱：pengxiaohua@cnipr.com
印　　刷：北京富生印刷厂	经　　销：新华书店及相关销售网点
开　　本：880mm×1230mm　1/32	印　　张：5.625
版　　次：2014 年 3 月第 1 版	印　　次：2014 年 3 月第 1 次印刷
字　　数：159 千字	定　　价：20.00 元

ISBN 978 - 7 - 5130 - 2583 - 6

梦绕神州铸宏辞

——读马长生先生的诗词曲选集《强国梦歌》有感

（代序）

湖南师范大学文学院副教授、硕士生导师、文学博士

胡海义

哲人说，梦想是人类文明前进的先导。诗人说，梦想是文学艺术飞翔的翅膀。梦，作为人类普遍存在的一种精神现象与主体经验，一直是心理学与文化学关注的热点。"梦"更是 2012～2013年中国的年度汉字。"实现中华民族伟大复兴，就是中华民族近代以来最伟大的梦想。"当举国上下都在发掘"中国梦"的丰富内涵与深远意义之时，我拜读马长生先生的诗词曲选集《强国梦歌》，强烈感受到一代前辈师长的强国之梦是何其热切、深沉、真挚、执着。该作品集紧紧抓住"强国梦"这条红线，如号角阵阵，战鼓声声，铿锵有力，激荡人心！

强国梦，民族魂。每个人都有自己的梦想，每个民族也都有自己的梦想，对强国梦想的追寻便成了一个民族的灵魂所在。1931 年，美国历史学家亚当斯在《美国史诗》中首次提出了一个后来家喻户晓的概念——美国梦。"美国梦"的理想信念，不仅成为美国发展的强大推动力，更已深入人心，成为根深蒂固的国民性格。中国人也有"中国梦"，我们的中国梦源远流长，具有更加博大精深的内涵、筚路蓝缕的艰辛与锲而不舍的执著。从屈原"岂余身之惮殃兮，恐皇舆之败绩"的爱国祈愿到陆游"夜阑卧听风吹雨，铁马冰河入梦来"的报国之志，从嫦娥奔月的传说、万户升天的探索到"神州"系列飞船遨游太空的现实，中国梦一直薪火相传、生生不息。尤其是近代以来，在西方坚船利炮的侵略中，中华民族遭受了深重苦难，辉煌不再，中华儿女开始艰难求索、执

着追寻新的"中国梦"。《强国梦歌》中对于这段可歌可泣的历史与深寓其中的炙热情怀的描写生动展现了中国人的强国梦想与民族灵魂,具有非常深广的内涵。集子分为十一章,首章即是"强国篇",首篇即是《我们的中国梦》,本章详细梳理了"为了这个梦,无数仁人志士,民族精英,曾经艰苦奋斗,前赴后继,流血牺牲"的追梦历程。其余各章,即使是悼念篇、教科篇、亲情友情篇、咏景篇与随感篇,也大都围绕强国梦而抒发情感。例如,在第九章亲情友情篇中的《国庆节致北京二老》中写到:"节日宴,举杯对天陈三愿:一愿国强民富、民族复兴;二愿早日统一台湾……",第十一章随感篇中的《西江月·闰七月七夕》中写到:"秋日碧空如洗,大地橙黄橘绿,古老民族在复兴,幸福多少男女",爱国强国之心,处处溢于言表,成为该作品集的精神核心与灵魂。

强国梦,法治心。"中国梦"、"强国梦"饱含着亿万人民对生活的美好憧憬,饱含了一个国家对未来发展的坚定信念。梦看似缥缈,但中国梦有着十分丰富的内涵,实现中华民族伟大复兴也绝不仅是一句豪言壮语。建设法治中国就是强国梦的重要内容。《强国梦歌》的作者马长生先生是享誉学界的法学专家,1964年从部队考入北京政法学院(现今中国政法大学的前身),曾长期任职于政法系统,担任过原湖南省政法管理干部学院的领导,原湖南省政法管理干部学院与湖南师范大学合并后担任正校级督导员、法学院教授,2003年被湘潭大学聘为湖南省第一个法学博士学位授予点首批法学博士生导师,2009年被长沙理工大学聘为法学特聘教授、博士生导师,还被聘为北京师范大学刑事法律科学研究院兼职教授,担任湖南省法学会学术委员会副主任、湖南省法学会刑法学研究会名誉会长,为国务院政府特殊津贴获得者,首届"中国法学优秀成果奖"获得者。马长生先生从1961年到现在已经为国家服务半个多世纪,跨入法学门槛也已有50个年头,成果丰硕,成就非凡,对依法治国有着极为深刻的理解与深入的研究,为法治中国建设奉献出自己的全部热情与精力。先生说过,做法律人当然要读很多法律书,除此之外多年来他还有个习惯,几乎每天晚上临睡前都要翻阅一下宋词、唐诗或者元曲，看得多了，也就很想以词曲的形式表达自己的思想和感情。《强国梦歌》就是以诗词曲为形式，以法治为重要视角，来表达先生的爱国爱民的赤子情怀与强国梦想。在作品集的开篇，先生在"我们的中国梦"中高呼："实际上，这是强国之梦，这是富民之梦，这是民主之梦，这是法治之梦……"，这可谓是这组强国梦歌序曲中的黄钟大吕之音。《强国梦歌》专列的法治篇成为作品集中极为厚实的部分之一。其第一篇就是《邓公倡导的法治原则》。富有意味的是美国《时代周刊》在1978年年底，将邓小平评为年度人物，在其48页的系列介绍文章中，第一篇的标题就是《中国的梦想家》。为了体现法治在实现强国梦当中的重要地位，先生还将多年前撰写的《论新形势下执政党党员的法治修养》与《法制日报》记者的一篇采访录附录于后，在倡导依法治国上用心良苦。另如《人民共和国六十岁》："坚持改革开放，坚持依法治国，坚持反腐倡廉，我们就一定能够从胜利走向新的胜利"，《庆贺澳门回归》："兴法治，振国威"，《赞"老虎苍蝇一起打"》："张扬法治，治国之要"等疾呼，都可谓是"鹤鸣九皋，声闻于天"。

强国梦，深情歌。梦能激发人的想象与情感。化学家凯库勒从梦中得到启发，提出了苯分子结构学说。音乐家塔提尼从梦中获得灵感，谱写了传世乐章。有所思即有所梦，梦里激荡的是追求、涌动的是深情。"中国梦"展梦想之翼、扬梦想之帆，凝结几代人的夙愿、历经百多年打拼、承载亿万人期盼，几许沉重，几许振奋。走过"雄关漫道真如铁"的昨天，跨越"人间正道是沧桑"的今天，"中国梦"正指引当代中国向着"长风破浪会有时"的明天迈进。在努力实现中华民族伟大复兴的背后，是千年的回响与百年的渴望，哪个中华儿女不为之心潮澎湃、激昂高歌？《强国梦歌》就是这样一组梦绕神州的进行曲，深情满怀而节奏明快、音调铿锵。古人特别重视作家的精神力量对文学创作的影响，韩愈在《答李翊书》中提出："气盛，则言之短长与声之高下者皆宜。""气盛"是指作者的精神气质与人格境界。先生在本书前言中说：

3

"我又是一个非常关心国家大事的人，对中华民族的百年屈辱愤愤不平，对中华民族的伟大复兴特别期待。"这种拳拳赤子情就是《强国梦歌》的创作动力。先生的道德修养与精神气质让《强国梦歌》抒情酣畅淋漓，表达明白晓畅，文风朴实雅正。作品以言志抒情为上，不拘泥于格律功令，不羁绊于体裁形式，我手写我心，直抒胸臆，挥洒自如，质朴自然，堂庑阔大。如《咏梅》："虽无华贵却高雅，清香长留人心中。"《咏扁豆花》："阳光明媚绿满窗，扁豆花似桃花样。"《临江仙·矮寨大桥》："当年修路曾开山，狭道曲曲弯弯，却是抗日运输线。青山依旧好，尤喜换人间。"皆于平淡清新中见深情隽永。

梁启超在1902年的《新中国未来记》中憧憬道："无端忽作太平梦，放眼昆仑绝顶来。"强国梦是民族复兴之梦，是每个中国人共同的梦想。就像提出美国梦的亚当斯所说："我们越是张开双臂，我们就越强大。当我们与同时代的其他人分享梦想的时候，我们的梦想就会更有力量。"就让我们翻开这本《强国梦歌》，一起激昂高歌，一起分享我们的强国梦吧！

前　言

　　时光流到 2013 年，我从事法律法学工作已有 50 个年头了。那是 1964 年夏天，我从济南某部队考入北京政法学院，开始了自己的法律法学人生。做法律人，当然要读很多法律书，在法学方面做学问，除此之外，多年来我还有个习惯，几乎每天晚上临睡前都要翻阅一下宋词、唐诗或者元曲。特别是词和曲，我更是喜欢。看得多了，也就很想以词曲的形式表达自己的思想和感情。而且，我又是一个非常关心国家大事的人，对中华民族的百年屈辱愤愤不平，对中华民族的伟大复兴特别期待。于是，每有特别想表达的思想和情感时，我也就"照葫芦画瓢"，尝试着填词作曲，包括少量新诗在内，至今作品已有了近百首，也曾发表过二十几首。一些学生和同事鼓动我将这些诗词曲整理出来，在我 70 岁生日（虚岁）之际出版法学文选的同时，也出版一本诗词曲选集。

　　说实在的，我对诗词曲仅仅是爱好而已，对有关诗词曲的基本知识却知之甚少，特别是不懂得诗词曲的平仄，虽然也看过介绍平仄的书，但没有用功，终于没有弄懂。或许是我本来对平仄就没有多少兴趣，总觉得，不管是长短句还是律诗，只要念着顺口，能表达自己的感情就行了，何必讲什么平仄呢。因此，从严格意义上讲，我的这些诗词曲或许只是顺口溜而已，谈不上什么艺术性，但是，我对国家、对民族的感情是真挚的，是火热的，我期盼中华民族伟大复兴的愿望是强烈的，所以，我还是鼓足勇气将这些诗词曲拿出来，向读者献丑吧！

　　这本集子共收入诗词曲 88 首，共分为 11 章，即强国篇、台港澳篇、保疆篇、法治篇、反腐倡廉篇、奥运暨体育篇、悼念篇、教科篇、亲情友情篇、咏景篇、随感篇。从总体上讲，各篇都是围绕着强国梦而抒发情感与思想的。例如，在第九章亲情友情篇中的

《自由长短句·国庆节致北京二老》："节日宴，举杯对天陈三愿：一愿国强民富、民族复兴；二愿早日统一台湾；三愿北京、长沙四老健康，长寿过百年。"在最后一章"随感篇"中的《西江月·闰七月七夕》："有幸牛郎织女，今岁两度七夕。金风玉露再相会，两情何等惬意。// 秋日碧空如洗，大地橙黄橘绿，古老民族在复兴，幸福多少男女！"总之，我的诗词曲大多是抒发强国之梦，所以这本集子的名称就叫做《强国梦歌》。

还有一点需要向读者说明：我填写的词曲大多是遵循古人创设的词牌、曲牌所设定的格式❶。但是，在填写词曲的过程中，有时候深感形式对内容太过约束，所以，为了更好地表达思想感情，有时候也未免突破形式。这本集子中有多首"长曲"，每首"长曲"的格式也不一样，具体字句多少完全服从内容的需要。还有一首批判日本右翼的"山坡驴"，更是古人从未涉及的曲牌。实际上，"长曲"与"山坡驴"都是本人草创的曲牌。这种做法是否可行，只有请读者去评判了。还有，这本集子中有几首"自由长短句"及"自由小令"，实际上是一种无牌词，句数与字数都是根据内容的需要自由发挥的。

实现中华民族的伟大复兴，实现我们的中国梦，关键在于加强和完善中国共产党的领导。在新形势下，共产党员加强法治修养显得特别重要。所以，我将多年前为主撰写的《论新形势下执政党党员的法治修养》附录于后。同时，将《法制日报》记者的一篇采访录也附录于后。

由于作者水平所限，这本集子的疏漏之处在所难免，恳请专家和读者指正。

马长生

2013 年 4 月 28 日初拟

2014 年 1 月 20 日修改审定

---

❶ 词和曲都是有牌子的，例如"西江月""水调歌头""鹧鸪天""天净沙""山坡羊"等。词牌与曲牌在格式与风格上有很大不同，但有的词牌同时也是曲牌。词牌、曲牌与内容并无必然的联系。每种词牌的句数和每个句子的字数基本上是固定的，鲜有变化；曲牌的句数与每句的字数则相对有所变化。

目　　录

第一章　强国篇 ……………………………………………… （1）

　长　曲·我们的中国梦 ……………………………………… （1）

　卜算子·党的十八大召开 ………………………………… （3）

　如梦令·习总书记上任 …………………………………… （4）

　满江红·七月感怀 ………………………………………… （6）

　卜算子·贺中国"入世" …………………………………… （9）

　东风第一枝·贺我国首次载人航天飞行圆满成功 ………… （11）

　七　言·中国零八年纪事 ………………………………… （13）

　新　诗·人民共和国六十岁 ……………………………… （16）

　新　诗·庆祝党的九十岁生日 …………………………… （19）

　新　诗·祝贺上海合作组织成立十周年 ………………… （20）

　自由长短句·贺嫦娥三号成功着月 ……………………… （23）

第二章　台港澳篇 ………………………………………… （25）

　七　绝·胡总书记与连战主席北京握手 ………………… （25）

　长　曲·贺连战主席访大陆圆满成功 …………………… （27）

　水调歌头·庆贺香港回归 ………………………………… （29）

　千秋岁引·庆贺澳门回归 ………………………………… （31）

　望海潮·杨利伟访问香港 ………………………………… （33）

　人月圆·杨利伟访问澳门 ………………………………… （35）

　摊破水调歌头·龙年元宵节 ……………………………… （36）

第三章　保疆篇 …………………………………………… （37）

　长　曲·斥日本首相野田佳彦 …………………………… （37）

　天净沙·斥日本右翼 ……………………………………… （39）

　山坡驴·再斥日本右翼 …………………………………… （41）

　定风波·赞日本历史学教授井上清先生 ………………… （42）

　长　曲·斯蒂芬·哈纳关于钓鱼岛问题的七点认识 ……… （44）

四　言·斥美国参议院 ……………………………………（46）

虞美人·日本政局乱象 ……………………………………（48）

酒泉子·斥日本政客拜鬼 …………………………………（49）

天净沙·斥日本首相安倍晋三 ……………………………（51）

山坡驴·再斥日本首相安倍晋三 …………………………（52）

一半儿·三斥日本首相安倍晋三 …………………………（54）

别体山坡驴·四斥日本首相安倍晋三 ……………………（56）

长　曲·黄岩岛之歌 ………………………………………（58）

长　曲·贺三沙市成立 ……………………………………（60）

节节高·怒斥菲律宾海警 …………………………………（61）

第四章　法治篇 …………………………………………（62）

七　绝·邓公倡导的法治原则 ……………………………（62）

长　曲·颂依法治国方略 …………………………………（64）

浣溪沙·法律需要公信力 …………………………………（65）

长　曲·让人民在每个案件中都能感受到公平正义 ……（66）

长　曲·错案为什么能一错到底 …………………………（67）

长　曲·尊敬的领导，你错了 ……………………………（69）

歌　词·纠错为什么这样难 ………………………………（70）

七　绝·法官礼赞 …………………………………………（71）

惩治犯罪三字经 ……………………………………………（73）

第五章　反腐倡廉篇 ……………………………………（74）

四　言·赞"老虎苍蝇一起打" ……………………………（74）

七　绝·斥贪官污吏 ………………………………………（76）

七　律·叹精英犯罪 ………………………………………（78）

虞美人·斥潜规则 …………………………………………（79）

节节高·赞人民公仆 ………………………………………（80）

虞美人·读《人情"烧钱"何其多》 ………………………（82）

五　言·赞"光盘行动" ……………………………………（83）

第六章　奥运暨体育篇 …………………………………（84）

相见欢·胡主席会见八十余国政要 ………………………（84）

踏莎行·赞北京奥运开幕式 ················· （85）

摊破渔歌子·易思玲伦敦奥运夺首金 ············· （86）

虞美人·贺中国女排重夺世界杯 ··············· （88）

第七章　悼念篇 ······················· （90）

长　曲·悼念邓小平同志 ················· （90）

声声慢·悼念汶川大地震死难同胞 ············· （92）

木兰花·悼念舟曲遇难同胞 ················· （93）

千秋岁·悼念任长霞同志 ················· （95）

长　曲·悼念罗阳同志 ··················· （96）

七　绝·悼念马克昌教授 ················· （98）

第八章　教科篇 ······················ （100）

南歌子·湘西行 ····················· （100）

长　曲·第一堂课必讲的内容要点 ············· （102）

木兰花·治学 ······················ （103）

择宋人句·欢迎各地代表来湘 ··············· （105）

诉衷情·贺中国刑法学会年会在长沙召开 ··········· （107）

第九章　亲情友情篇 ···················· （109）

七　绝·中秋节致北京二老 ················· （109）

自由长短句·国庆节致北京二老 ··············· （110）

七　绝·贺高、王两老八五华诞暨联袂执教六十年 ······ （111）

自由长短句·贺阳东辉、何炼红新婚 ············· （114）

七　绝·和杨凯教授 ··················· （115）

七　绝·答夏勇教授 ··················· （116）

自由小令·赠吴平安君 ··················· （118）

新　诗·薄酒一杯敬朋友 ················· （119）

七　绝·赠青年朋友 ··················· （120）

四　言·墓志铭 ····················· （121）

第十章　咏景篇 ······················ （122）

自由小令·长沙冬日春景 ················· （122）

七　律·夏日聊城 ···················· （123）

鹧鸪天·莽山 …………………………………………（125）

临江仙·矮寨大桥 ………………………………………（127）

七　绝·虎年三咏 ………………………………………（128）

七　绝·咏扁豆花 ………………………………………（130）

第十一章　随感篇 ………………………………………（131）

自由长短句·读曹操《短歌行》有感 …………………（131）

解珮令·人生 ……………………………………………（132）

渔家傲·赞好地公司张玉莲 ……………………………（133）

自由长短句·六十抒怀 …………………………………（134）

浪淘沙·登鹿嘴岩观海有感 ……………………………（135）

浪淘沙·登地王大厦观深圳夜景有感 …………………（136）

西江月·闰七月七夕 ……………………………………（137）

虞美人·炒股乱象 ………………………………………（138）

附录篇 ……………………………………………………（139）

论新时期执政党党员的法治修养 ………………………（139）

情洒法治五十载 …………………………………………（153）

后记 ………………………………………………………（165）

第一章 强国篇

长 曲
我们的中国梦
（2012年12月）

最近，习近平总书记阐释了中国梦，余深以为然，倍受鼓舞，特作长曲以响应之。

多少年以来，全世界的炎黄子孙有一个共同的梦，那就是，改变积贫积弱、落后挨打的局面，实现中华民族的伟大复兴！这就意味着，我们要有领先于世界的物质文明与精神文明。实际上，这是强国之梦，这是富民之梦，这是民主之梦，这是法治之梦，这是和谐之梦，这是和平之梦！为了这个梦，无数仁人志士、民族精英，曾经艰苦奋斗，前赴后继，流血牺牲。洪秀全，为了推翻腐朽的封建王朝，曾经发动金田起义，揭竿而起；沈家本，则将西方的法律引进到晚清；康有为、梁启超、谭嗣同，曾经为维新变法而努力奋斗甚至牺牲；孙中山掀起了民族民主革命，终于推翻帝制，使"中华民国"在1912年诞生。不过，帝国主义、官僚资本主义、封建主义三座大山依然压在中国人民头上，军阀混战，民不聊生。李大钊、陈独秀、毛泽东，创建了中国共产党，从此，党领导中国人民开展了轰轰烈烈的革命斗争。由于孙中山先生力主联俄、联共、扶助农工，中国共产党与国民党曾经合作创办黄埔军校，合作发动北伐战争；在日本帝国主义企图将侵略魔爪伸向全中国的时候，中国共产党不计国民党十年"剿共"之恨，协助张学良将军和平解决西安事变，两党合作开展了八年艰苦卓绝的抗日战争。抗战胜利后，中国共产党的领导人毛泽东曾经亲赴重庆，与国民党蒋介石商谈和平建设新中国的大政，但是，和平协议的墨迹未干，蒋介石再次发动了企图"剿灭"中国共产党的战争。不过，他万万没有料到，仅仅三年时间，蒋家王朝就在大陆瓦解土崩。从1921年开始，中国共产党领导中国人民经过二十八年的艰苦奋斗，终于推翻了三座大山，中华人民共和国在1949年诞生。开国元勋毛泽东庄严宣告："中国人民从此站起来了！"中华民族自此开始振兴。可惜的是，党的领袖一度脱离了集体领导，错误地扩大了阶级斗争，最终酿成十年动乱，严重妨害了民族复兴。一代伟人邓小平，首倡改革开放，修正党的错误，使中华民族加速复兴。三十年跨越式发展，中国的综合国力大大提升。江泽民、胡锦涛、习近平，三任总书记接力前行。十八大之后，党的领导集体努力改进工作作风，更加密切地联系人民群众，更加推进法治，更加抓紧反腐败斗争。无论前进的路上还有多少艰难险阻，我们的改革开放、经济建设都会越搞越好，谁也阻挡不了我们的中国梦！我们坚信，再经过几十年的奋斗，中华民族一定能实现伟大复兴！

亲爱的同胞们！欢呼吧，为我们的中国梦！努力吧，为我们的中国梦！

【中国梦】2012年11月29日，中共中央总书记习近平带领新一届中央领导集体参观中国国家博物馆"复兴之路"展览，当场发表了关于中国梦的重要讲话。习近平指出，实现伟大复兴就是中华民族近代以来最伟大的梦想，而且满怀信心地表示这个梦想"一定能实现"。（据《人民日报》2012年1月30日第1版报道：《习近平在参观〈复兴之路〉展览时强调：惩前毖后，继往开来，继续朝着中华民族伟大复兴目标奋勇前进》）

卜算子
党的十八大召开

（2012 年 12 月）

莫道已入冬，万里沐春风。两千精英聚一堂，共商强国梦。　　全党齐努力，改革再加功。十年之后又翻番，中华更兴盛。

【十八大】中国共产党第十八次全国代表大会（以下简称中共十八大）于 2012 年 11 月 8 日在北京召开。中央确定，党的十八大代表名额共 2 270 名，由全国 40 个选举单位选举产生。2012 年 11 月 14 日 12 时许，中共十八大在人民大会堂胜利闭幕。胡锦涛同志在十八大报告中强调，必须全面提高党的建设科学化水平，抓好八个方面的重要任务：坚定理想信念，坚守共产党人精神追求；坚持以人为本、执政为民，始终保持党同人民群众的血肉联系；积极发展党内民主，增强党的创造活力；深化干部人事制度改革，建设高素质执政骨干队伍；坚持党管人才原则，把各方面优秀人才集聚到党和国家事业中来；创新基层党建工作，夯实党执政的组织基础；坚定不移反对腐败，永葆共产党人清正廉洁的政治本色；严明党的纪律，自觉维护党的集中统一。

【十年之后又翻番】中共十八大首次提出"城乡居民人均收入"10 年翻番。为确保到 2020 年实现全面建成小康社会的目标，十八大报告提出："实现国内生产总值和城乡居民人均收入比 2010 年翻一番。"为千方百计增加居民收入，报告还提出"两个同步"，即居民收入增长和经济发展同步、劳动报酬增长和劳动生产率提高同步。这充分体现了实现发展成果由人民共享的思路。

如梦令
习总书记上任
（2012 年 12 月）

习总书记上任，狠抓作风改进，反腐更抓紧，与百姓更贴心。知否，知否？圆梦强国又近。

【狠抓作风改进】2012 年 12 月 4 日，中共中央政治局在中共中央总书记习近平的主持下召开会议，审议并通过了中央政治局关于改进工作作风、密切联系群众的八项规定❶。

【反腐更抓紧】习近平总书记在十八届中共中央政治局第一次集体学习时指出，反对腐败、建设廉洁政治，保持党的肌体健康，始终是我们党一贯坚持的鲜明政治立场。他指出，党风廉政建设是广大干部群众始终关注的重大政治问题，并强调"物必先腐，而后虫生"。习近平总书记在中央纪委监察部第二次全体会议上讲话

---

❶ 八项规定的具体内容为：1. 要改进调查研究，到基层调研要深入了解真实情况，总结经验、研究问题、解决困难、指导工作，向群众学习、向实践学习，多同群众座谈，多同干部谈心，多商量讨论，多解剖典型，多到困难和矛盾集中、群众意见多的地方去，切忌走过场、搞形式主义；要轻车简从、减少陪同、简化接待，不张贴悬挂标语横幅，不安排群众迎送，不铺设迎宾地毯，不摆放花草，不安排宴请。2. 要精简会议活动，切实改进会风，严格控制以中央名义召开的各类全国性会议和举行的重大活动，不开泛泛部署工作和提要求的会，未经中央批准一律不出席各类剪彩、奠基活动和庆祝会、纪念会、表彰会、博览会、研讨会及各类论坛；提高会议实效，开短会、讲短话，力戒空话、套话。3. 要精简文件简报，切实改进文风，没有实质内容、可发可不发的文件、简报一律不发。4. 要规范出访活动，从外交工作大局需要出发合理安排出访活动，严格控制出访随行人员，严格按照规定乘坐交通工具，一般不安排中资机构、华侨华人、留学生代表等到机场迎送。5. 要改进警卫工作，坚持有利于联系群众的原则，减少交通管制，一般情况下不得封路、不清场闭馆。6. 要改进新闻报道，中央政治局同志出席会议和活动应根据工作需要、新闻价值、社会效果决定是否报道，进一步压缩报道的数量、字数、时长。7. 要严格文稿发表，除中央统一安排外，个人不公开出版著作、讲话单行本，不发贺信、贺电，不题词、题字。8. 要厉行勤俭节约，严格遵守廉洁从政有关规定，严格执行住房、车辆配备等有关工作和生活待遇的规定。

时指出，要加强对权力运行的制约和监督，把权力关进制度的笼子里，形成不敢腐的惩戒机制、不能腐的防范机制、不易腐的保障机制。他强调，各级领导干部都要牢记，任何人都没有法律之外的绝对权力，任何人行使权力都必须为人民服务、对人民负责并自觉接受人民监督。

满江红

七月感怀

（2001 年 7 月）

万里长江，淘不尽、壮怀金色。结硕果、奋斗八秩，龙腾狮跃。北京申奥大事成，中俄友好共签约。更有那、年底前"入世"，可预测。　　风云泣，虎狼恶，百年恨，向谁说？对山河耿耿，共产党人，长征夜吹羌笛管，抗战日唱大刀歌。今思念台胞问吴刚，圆何缺？

【**万里长江句**】喻指历史的洪流无论如何发展，都无法改变中国共产党人实现中华民族伟大复兴的雄心壮志。

【**结硕果句**】喻指中国共产党诞生后，经过 80 年的艰苦奋斗，取得了巨大成就，全国人民欢欣鼓舞庆贺中国共产党诞生 80 周年。

【**北京申奥大事成**】北京时间 2001 年 7 月 13 日 22 时 8 分，国际奥委会主席萨马兰奇在莫斯科宣布：北京获得 2008 年第 29 届夏季奥运会举办权。喜讯传来，举国欢腾。江泽民等党和国家领导人到北京中华世纪坛参加盛大的庆祝活动，江泽民发表了讲话；随后，江泽民等又来到天安门城楼，与在广场狂欢的群众同享欢乐。当晚，全国上千万人走上街头，彻夜狂欢；港澳台同胞和海外侨胞也欢欣鼓舞，尽情抒发爱国之情。一向含蓄内敛的中国人在这个夜晚笑得那样尽兴，那样骄傲。许多人都知道，一百多年前的 1908年，《天津青年》杂志曾经发问：中国何时能派一人参加奥运会？何时能派一队参加奥运会？何时能在自己的国土上举办一届奥运会？可以说，中国人的百年奥运梦想在这一天终于实现了。

【**中俄友好共签约**】《中俄睦邻友好合作条约》是 2001 年 7 月16 日由中国国家主席江泽民与俄罗斯总统普京在莫斯科共同签署的。条约共有 25 条，有效期为 20 年。条约在总结历史经验的基础上，概括了中俄关系的主要原则、精神和成果，将两国和两国人民

"世代友好、永不为敌"的和平理念和永做好邻居、好朋友、好伙伴的坚定意愿用法律形式确定下来，成为指导新世纪中俄关系发展的纲领性文件。

【年底前"入世"】根据"入世"谈判进展情况，媒体在 2001 年六七月即普遍预测中国可在 2001 年年底前"入世"。果然，公元 2001 年 11 月 10 日北京时间 23 时 38 分，在卡塔尔首都多哈举行的世界贸易组织（以下简称 WTO）第四届部长级会议以全体协商一致的方式审议并通过了中国加入 WTO 的决定。

【风云泣，虎狼恶句】指 1840 年鸦片战争后，中国沦为半封建半殖民地社会，中华民族在长达一百多年的时间里受尽帝国主义列强的欺辱。

【对山河耿耿】指共产党人对祖国和祖国的大好河山忠心耿耿，对国土沦丧极为愤慨、非常在意。耿耿，可用于形容忠诚。（参见中国社科院语言研究所词典编辑室编：《现代汉语词典》，商务印书馆 1983 年版，第 378 页。）

【长征夜吹羌笛管】喻指当年红军长征曾经过了羌族和苗族、瑶族、壮族、水族、布依族、仡佬族、纳西族、彝族、藏族、回族、东向族、土族、裕固族等少数民族杂居和聚居的地区。红军认真执行党的民族政策，得到了少数民族的拥护。羌笛是羌族人民喜爱的管乐器。

【今思念台胞问吴刚句】喻指共产党人领导中国各族人民战胜了国内外的敌人，经过几十年的经济建设，综合国力和人民生活水平都有了很大变化和进步之后，大陆同胞特别期望两岸早日统一以实现中华民族的伟大复兴。吴刚系传说中的仙人，相传为汉代西河人，因学仙有过，被罚斫月中的桂树，桂树高 500 尺，斧子斫下去，斧痕随斫随合，吴刚只好无休止地斫下去。月缺、月圆常常被比喻为世人之离合。

萬里長江淘不盡壯懷金色結碩果奮鬥
八秩龍騰獅躍北京申奧大事成中俄友
好共簽約更有那年底前入世可預測風
雲泣虎狼惡百年恨向誰說對山河耿々
共產黨人長征夜吹羌笛管抗戰日唱大
刀歌今思念同胞問吳剛圓何缺

錄馬長生先生詞滿江江七月感懷　癸巳年夏許趙書

《满江红·七月感怀》

卜算子
贺中国"入世"
（2001 年 11 月）

公元 2001 年 11 月 10 日北京时间 23 时 38 分，在卡塔尔首都多哈举行的 WTO 第四届部长级会议以全体协商一致的方式，审议并通过了中国加入 WTO 的决定。至此，从 1986 年 7 月中国提出恢复关贸总协定缔约国地位的申请，"复关"、"入世"谈判历经 15 年终于获得了双赢、共赢的结果。

风高帆影疾，多哈掌声起。十年铸成倚天剑，霜雪染鬓际。　天空任鸟飞，极目远山碧。万里长城古道旁，铁马追风急。

【**十年铸成倚天剑**】喻指多年改革开放取得了举世瞩目的伟大成就，使中国以自信和稳健的步伐跨入 WTO 大门。倚天剑，语出战国时宋玉《大言赋》："方地为车，圆天为盖，长剑耿耿倚天外。"

【**霜雪染鬓际**】喻指参加"复关"、"入世"谈判的中国代表团有的成员历经多年谈判之后，两鬓长出了白发。

【**万里长城古道旁，铁马追风急**】喻指历史悠久的中华民族在"入世"之后将会加速实现伟大复兴。追风，骏马名，秦始皇有马名追风，亦用于形容马跑得很快。宋代王安中《菩萨蛮·中军玉帐旌旗绕》中有"铁马去追风，弓声惊塞鸿"的词句。

《卜算子·贺中国"入世"》

东风第一枝
贺我国首次载人航天飞行圆满成功
（2003 年 10 月）

2003 年 10 月 15 日 9 时，我国首位航天员杨利伟乘坐的神舟五号载人飞船，在酒泉卫星发射中心成功升空，按预定计划绕地球飞行 14 圈后，于次日清晨 6 时 23 分安然着陆。我国首次载人航天飞行获得圆满成功，全球炎黄子孙无不欢欣鼓舞。

塞外东风，吹遍酒泉，英雄直上九天。国人遨游太空，千年飞天梦圆。夸父追日、豪气在，嫦娥奔月、非笑谈，壮哉万户，今可含笑九泉。　叹往昔、中华民族，积贫弱、一两百年。所幸一九四九，大山三座推翻。邓公执杖，沐春风、绿染河山。重抖擞、龙的传人，廓清万里云烟。

【夸父追日】夸父系古代神话人物。据《山海经·海外北经》记载："夸父与日逐走，入日；渴欲得饮，饮于河渭。河渭不足，北饮大泽。未至，道渴而死。弃其杖，化为邓林。"（参见《辞源》（修订本），商务印书馆 1979 年修订版，第 715 页）

【嫦娥奔月】嫦娥系神话故事里的仙女，又名姮娥，后羿之妻，因偷吃了不死之药而飞入月亮。这个故事流传很早，《淮南子·览冥》等有记载，长沙马王堆一号汉墓的帛画就有"嫦娥奔月"，历代文学艺术作品中多以此为题材，把嫦娥（姮娥）作为描述对象。如宋代辛弃疾所作的《太常引·建康中秋夜为吕叔潜赋》中写道："一轮秋影转金波，飞镜又重磨。把酒问姮娥：被白发欺人奈何？""乘风好去，长空万里，直下看山河。斫去桂婆娑，人道是：清光更多。"

【万户】我国明代人，人类飞天理想的第一位实验家，曾将自己绑于火箭上作飞天实验，因火箭爆炸而不幸牺牲。

强国梦歌

【大山三座】毛泽东主席曾将帝国主义、封建主义、官僚资本主义称作压在中国人民头上的三座大山。

【邓公执杖】指中国共产党执政后的第二代领导核心邓小平同志领导我国改革开放大业。

塞外东风吹遍酒泉英雄直上九天国人邀游
太空千年飞天梦圆夸父追日豪气在嫦娥弃
月非笑谈此哉万户今可含笑九泉叹往昔
中华民族积贫辞三两百年所幸一九四九大
山三座推翻邓公执杖沐春风绿染河山重
抖擞龙而传人廊清万里烟云

铭易老先生词东风第一枝癸巳夏许越书

《东风第一枝·贺我国首次载人航天飞行圆满成功》

七　言
中国零八年纪事
（2009年1月）

一月湖广冰灾重，五月汶川地震急。
三月"藏独"施黑手，七月"世维"动杀机。
多难兴邦古今事，中华民族何所惧。
八月八日喜开幕，北京奥运好大气。
奖牌百面励民志，金牌首位扬国威。
更有九月添双喜，贺过"残奥"贺"神七"。
复兴之路不平坦，零八有悲亦有喜。
自古成功多磨难，国人尚需多努力。

【一月湖广冰灾重】指2008年年初发生在两湖两广及江西、浙江等南方省区的严重冰雪灾害。这次冰灾使电力和能源供应、航运和铁路、公路交通及工农业生产和民众的生活都受到重大影响。

【五月汶川地震急】2008年5月12日14时28分，四川省汶川县发生里氏8.0级特大地震，造成近10万人遇难，并造成重大财产损失。

【三月"藏独"施黑手】2008年3月14日，由达赖集团有组织、有预谋、精心策划煽动，境内外"藏独"分子相互勾结制造的打砸抢烧杀事件。那天上午11时许，一些僧人在小昭寺用石头攻击执勤民警，随后，一些暴徒开始在八廓街聚集，呼喊分裂国家的口号，不法分子对拉萨市区主要路段的临街铺面、中小学校、医院、银行、电力和通讯设施、新闻单位实施打砸抢烧，给当地人民群众生命财产造成重大损失。拉萨市的商店铺面、银行通讯和学校等单位被抢劫、破坏和烧毁的多达九百多家，被烧死打死的无辜群众和武警战士达18人，伤者数百人，造成直接经济损失2.8亿元人民币。随后几天，在甘南、阿坝等地亦发生类似事件。境外藏独分子和支持者还打砸抢烧我国四十多个驻外使馆和领事馆等机构，并在伦敦、巴黎、旧金山等城市抢夺奥运火炬，冲击奥运圣火传递活动，极大地损害了我国的国际形象。

【七月"世维"动杀机】"世维"即"世界维吾尔代表大会"，是以热比娅为首的分裂主义组织。在"世维会"的煽动下，2008年7月5日晚，在新疆乌鲁木齐发生多起震惊世界的打砸抢烧暴力犯罪事件。截至7月15日，乌鲁木齐"7·5"事件死亡人数增至192人。此外，事件还造成1 721人受伤，其中重伤者179人，危重者66人。同时，"7·5"事件也造成了重大经济损失，有331间店铺、627辆汽车被砸被烧。铁的事实证明，民族分裂分子热比娅及"世维会"密谋策划煽动了乌鲁木齐"7·5"事件，中国政府和社会各界强烈谴责这种令人发指的暴力行径。在短短的几天时间里，中国政府采取一切合法有效的手段，及时阻止了暴力事件的升级和扩大，切实维护了人民人身安全和财产安全，受到了社会各界的肯定和赞扬。

【奖牌金牌句】2008年北京奥运会，中国获得金牌51面，列第一；奖牌总数100面，列第二。美国获得金牌36面，列第二；奖牌总数110面，列第一。

【"残奥"】北京残疾人奥运会已于2008年9月6日至9月17日举行。除马术比赛在我国香港地区举行，帆船比赛在青岛举行外，其余项目均在北京举行。

【"神七"】2008年9月25日下午21时10分4秒，载着3名航天员的"神七"一飞冲天，实现了中国人和太空的第一次密切接触，中国航天员第一次把中国人的足迹带到飞船舱外的茫茫太空中。从把杨利伟送上太空的"神五"到能载3人在太空漫步的"神七"，中国仅用了5年时间；而从1999年中国第一艘无人飞船发射算起，中国才花了9年时间；假若从1970年4月24日中国第一颗人造地球卫星发射成功算起，也只不过38年时间。中国航天事业的飞速发展，见证了新中国的进步，更见证了改革开放的巨大成功。"神七"既是"神五"、"神六"的发展与深化，更是航天事业的一个里程碑。"神七"需要实现太空行走，因此，其技术要求更高，操作要求更严，保障更加周密。太空行走是在太空轨道上安装大型设备、施放卫星、检查和维修航天器的重要手段，有了这项技术，中国载人航天才从真正意义上走入第二阶段。此后，"神八"、"神九"、"神十"等才会不断地结出硕果，太空领域才能永远留下中国人的足迹。(据《人民日报》2008 年 9 月 26 日报道)

新 诗
人民共和国六十岁
（2009 年 10 月）

我不知道应当从何时算起，
我们古老的中国经历过几千年的奴隶社会与封建社会，
直到 1911 年，辛亥革命推翻了封建王朝，但是，
我们的国家还是半封建半殖民地，
侵略者的铁蹄在我们的国土上肆意践踏，
我们的同胞饥寒交迫，流血流泪。
经过几十年的艰苦奋斗，
终于，在 1949 年的 10 月 1 日，
人民的共和国成立，
中华民族才真正挺直了脊梁，
在世界的东方傲然屹立。
六十年来，人民共和国的变化翻天覆地，
我们用仅占世界百分之七的耕地，
养活的人口却占世界五分之一；
曾经极度落后的工业现正高速发展，
我们的许多工业品甚至重型机械正在远销欧美。
我们的城市越来越美：
不仅仅是高楼林立，
还有一座座花园，一片片绿地。
农村的情况也是今非昔比，
农民兄弟种地不再交税，而且，
他们不仅有了手机、电视机和洗衣机，
甚至有了汽车和楼房，
有了越来越多的拖拉机。
无论城乡，商店里都琳琅满目，

人们不再发愁买不到东西。

还有，我们的人民共和国早就有了原子弹和氢弹，

也有了先进的导弹和战机。

我们自己的北斗导航系统正在完善，

我们自己的航母群不要很久就可能建立。

我们的国防固若金汤，

我们的民众扬眉吐气。

我们的经济总量已经超越群雄，

如今正要超过日本，追赶"老美"。

当然，我们国家如今还存在许多有待解决的问题，

无论是环境污染、分配不公还是腐败问题，

抑或是执法不严、有法不依，

都需要认真解决，需要下大工夫、用大力气，

但是，中华民族正在走向伟大复兴，

这已经是无法改变的历史发展轨迹。

只要我们在中国共产党领导下，

坚持改革开放，坚持依法治国，坚持反腐倡廉，

我们就一定能够从胜利走向新的胜利！

【辛亥革命】是指 1911 年（农历辛亥年）中国爆发的由孙中山领导的资产阶级民主革命。它是在清王朝日益腐朽、帝国主义侵略进一步加深、中国民族资本主义初步成长的基础上发生的。其目的是推翻清朝的专制统治，挽救民族危亡，争取国家的独立、民主和富强。这次革命结束了中国长达两千年之久的君主专制制度，是一次伟大的革命运动。1912 年 1 月 1 日在南京成立了"中华民国"临时政府，推选孙中山为临时大总统。由于资产阶级妥协退让，革命果实被北洋军阀袁世凯所篡夺。

【种地不再交税】2004 年 3 月中旬，国务院总理温家宝在政府工作报告中承诺："五年内取消农业税。"当月底，中国政府就决定：免征东北地区黑龙江、吉林两省的农业税，降低其余 11 个粮

食主产省的农业税税率。到 2005 年年初，在中国 31 个省市自治区中，已有 28 个相继宣告"免征"农业税。这样，中国原本计划用 5 年时间全面废除农业税，事实上只用了 2 年。

【我们的经济总量】2008 年，中国 GDP 总量超越德国，成为仅次于美国和日本的世界第三大经济体。2009 年，中国实现了 4.9 万亿美元的 GDP 总量，同年日本的 GDP 总量为 5.1 万亿美元。虽然日本早在 1968 年就成为仅次于美国的"世界第二经济大国"，直到 2000 年，其 GDP 总量仍为中国的 3 倍，但最近 10 年，日本经济增长缓慢，2008 年 GDP 总量仅相当于 1994 年的水平。中国 GDP 总量在 2010 年超越日本，是预料之中的事情。然而，要在人均 GDP 上超过日本，中国还有很长一段路要走。（中国的经济总量在 2012 年已达到日本经济总量的 1.4 倍，预计 2013 年将达到日本的 1.7 倍。——作者补注）

【历史发展轨迹】此处喻指已经形成的以及可以预见的发展态势。

新　诗
庆祝党的九十岁生日
（2011 年 7 月）

九十年艰苦奋斗，
九十年风风雨雨，
既有不少失败的教训，
更有许多成功的欢愉。
当然，还有许多不尽如人意之处，
还有许多亟待解决的问题。
但是，无论如何，
共产党执政的新中国已在世界的东方昂然屹立。
如今，中国正在改革开放的大道上迅跑，
正在世界的各种目光中和平崛起。
谁也无法阻挡中国前进的步伐，
谁也不能颠覆中国特色的社会主义。
是历史的实践证明了没有共产党就没有新中国，
是历史的实践让民众发自内心高呼共产党万岁！

【和平崛起】 在人类历史上，后起大国的崛起往往导致国际格局和世界秩序的严重失衡，甚至引发世界大战。德国和日本就是例证。中华民族具有与邻为善的传统，与世界各国和平共处是新中国的国策。自从 1978 年邓小平倡导的改革开放成为中国的基本国策以来，中国走上一条和平崛起的发展道路。在经济全球化迅猛发展的时代条件下，中国经济与全球经济密不可分，所以，根本不会也不需要挑战现存的国际秩序，更不会也不需要采用争霸或损害别国利益的方式来实现自己的战略目标。

新　诗
祝贺上海合作组织成立十周年
（2011 年 6 月 15 日）

上合，上合，
中、俄等国合作应对"三股势力"的上合，
合作应对危机、共谋合作发展的上合。
亲爱的上合，你虽然只有十岁，
但是，你的国际影响力越来越大，
要求参加上合组织的国家越来越多。
当前，国际风云诡谲多变，
爱好和平的人民需要上合。
祝愿上合组织继续发展壮大，
成为保障地球村和平、和谐与顺利发展的上合。
上合你好，你好上合！

【上海合作组织（The Shanghai Cooperation Organization）】
［以下简称上合组织（SCO）］，前身是"上海五国"会晤机制。
1996 年 4 月 26 日，中国、俄罗斯、哈萨克斯坦、吉尔吉斯斯坦、
塔吉克斯坦五国元首在上海举行会晤。自此，"上海五国"会晤机
制正式建立。2001 年 6 月 14 日至 15 日，由中国、俄罗斯、哈萨克
斯坦、吉尔吉斯斯坦、塔吉克斯坦组成的"上海五国"元首在上
海举行第六次会晤，乌兹别克斯坦以完全平等的身份加入"上海
五国"。15 日，六国元首签署《上海合作组织成立宣言》，上海合
作组织正式成立。观察员：伊朗、巴基斯坦、阿富汗、蒙古和印
度；对话伙伴：斯里兰卡、白俄罗斯和土耳其；参会客人：土库曼
斯坦、独联体和东盟。《文汇报》曾发表社评说，"上海合作组织"
的诞生，为成员国在安全领域的合作奠定了坚实的法律基础和全面
的合作机制，有利于成员国合作打击分裂主义、恐怖主义和极端主

义等"三股势力"，并在共同的利益和目标下，防止外来势力渗透和插手各国内部事务，共同维护地区的安全和稳定。社评认为，由于"上海合作组织"成员国之间在经贸领域互利合作的潜力和机遇巨大而广泛，因而成员国在互利合作下经济的繁荣和综合国力的提升，有利于维护国际战略平衡和促进多极化世界发展。《大公报》发表社评认为，"上海合作组织"的诞生符合本地区的现实需要，顺应和平与发展的时代潮流，符合六国人民的根本利益，它必将对促进成员国的睦邻互信与友好合作，维护地区的和平、安全与稳定，推动世界多极化和国际关系民主化产生深远的影响，为人类和平、进步与发展作出自己应有的贡献。

【上海合作组织成立十周年】据新华网北京2011年6月1日电（记者刘华、侯丽军），上海合作组织成立十周年之际，上海合作组织秘书长伊马纳利耶夫在接受新华社记者专访时表示，上海合作组织成立以来，各成员国之间相互尊重，共谋发展，大力开展安全、经贸、人文等各领域的务实合作，为维护地区乃至整个世界的和平、稳定与发展作出了重要贡献。反恐、经贸合作、人文交流是上海合作组织发展的三大基石。2001年6月成立于中国上海的上海合作组织现有中国、俄罗斯、哈萨克斯坦、吉尔吉斯斯坦、塔吉克斯坦和乌兹别克斯坦6个成员国。成员国总面积近3 020万平方公里，约占欧亚大陆面积的五分之三；成员国总人口约15亿，约占世界人口的四分之一。"上海合作组织各领域工作的优先方向无疑是确保本地区的和平、安全和发展，打击恐怖主义、分裂主义、极端主义（'三股势力'）及非法贩卖毒品和武器的行为。"伊马纳利耶夫说，2001年上海合作组织成立时签署的《打击恐怖主义、分裂主义和极端主义上海公约》是这方面工作所迈出的第一步，在此基础上设立的上海合作组织地区反恐怖机构，是促进各方就打击"三股势力"进行协调与合作的常设机构。在上海合作组织安全会议秘书会议、总检察长会议、国防部长会议和公安内务部长会议这些会议机制的框架内，各方就进一步加强合作和完善机制，共同打击"三股势力"、非法贩卖毒品和武器以及其他形式的跨国犯罪活动和非法移民进行了有效协调。伊马纳利耶夫说，经贸合作是上海合作组织发展的另一基石与优先方向。2001 年，在阿拉木图签署的《上海合作组织成员国政府间关于开展区域经济合作的基本目标和方向及启动贸易和投资便利化进程的备忘录》，开启了上海合作组织框架内深化经济合作的历史进程。2003 年上海合作组织成员国政府首脑理事会上批准的《上海合作组织成员国多边经贸合作纲要》，进一步确立了本组织经济合作的长远方向。

自由长短句
贺嫦娥三号成功着月
（2013 年 12 月）

嫦娥三号是中国国家航天局嫦娥工程第二阶段的登月探测器，包括着陆器和玉兔号月球车。2013 年 12 月 2 日 1 时 30 分，嫦娥三号由长征三号乙运载火箭从西昌卫星发射中心发射，12 月 14 日成功着月。12 月 15 日晚，正在月球上开展科学探测工作的嫦娥三号着陆器和巡视器（月球车）进行互成像实验，"两器"顺利互拍，嫦娥三号任务取得圆满成功。

嫦娥未入广寒宫，安抵月球虹湾，释放玉兔，情深意浓，互拍留影。　　"我来也！"继美、苏之后，中国第三个跻身"月球俱乐部"，获得世人称颂。　　美丽的中国红，金灿灿的五颗星，首次亮相地外星球，助力中国梦！

【广寒宫】神话传说中嫦娥在月亮居住的地方，又称蟾宫。

【虹湾】月球上一个地理名称，地处月球的北半部与西半部，是月球研究的空白区，此前尚无其他国家勘察过，因此被我国选为探月的首站。

【获得世人称颂】嫦娥三号成功着月后，媒体纷纷作了报道。日本《每日新闻》2013 年 12 月 16 日报道称："要让探测器在月面着陆，必须有反推火箭微调速度的先进技术。中国在此方面的成功，使其成为堪比美国和俄罗斯的先进国家。"第二个踏上月球的太空人奥尔德林表示："嫦娥三号的细节告诉我，美国如今绝对必须开始与中国讨论月球合作了。"《俄罗斯报》2013 年 12 月 16 日报道："嫦娥三号探测器在月球登陆并派出月球车探索其表面之后，中国已将月球俱乐部的所有成员甩在身后，其中包括一些探测器已经飞越甚至降落在月球的国家。"

强国梦歌

【**助力中国梦**】五星红旗首次插上地外星球，必然鼓舞中华民族努力实现伟大复兴，同时，空间技术的发展必然有效地带动科技和经济的发展。据《解放军报》北京 2013 年 12 月 18 日电讯，我国近年来研制的 1 100 多种新材料，80% 是在空间技术的牵引下完成。目前，近 2 000 项空间技术成果转移到国民经济各个部门。另据《法制文萃报》2013 年 12 月 18 日转载《人民日报》报道：开发利用月球矿产、能源资源，开发超高真空、弱重力、无磁场的特殊环境，建设更遥远空间探测的前哨站与中转站等，都是探月工程的目标，而且还会有更多意想不到的收获。

第二章　台港澳篇

七　绝
胡总书记与连战主席北京握手
（2005 年 4 月）

公元 2005 年 4 月 29 日下午 3 时许，中共中央总书记胡锦涛与中国国民党主席连战在北京人民大会堂亲切会见，热烈握手，并举行了正式会谈，特作七绝以贺之。

六十年前曾握手，
海峡分隔时已久。
渡尽劫波兄弟在，
相见一笑泯恩仇。

【六十年前曾握手】指 1945 年取得抗日战争的胜利之后，国共两党的领导人在重庆谈判有关成立联合政府的问题时见面握手。

【渡尽劫波兄弟在，相见一笑泯恩仇】出自鲁迅《题三义塔》（1933 年）。据《鲁迅日记》1933 年 6 月 21 日记载："西村（真琴）博士于上海战后得丧家之鸠，持归养之，初亦相安，而终化去，建塔以藏，且征题咏，率成一律，聊答遐情云尔。"西村是一个日本医生。三义塔，是上海闸北三义里遗鸠埋骨之塔。劫波：梵语，印度神话中创造之神大梵天称一个昼夜为一个劫波，相当于人间的四十三亿三千二百万年。鲁迅《题三义塔》全诗如下：

奔霆飞焰歼人子，/败井残垣剩饿鸠。/偶值大心离火宅，/终遗高塔念瀛洲。/精禽梦觉仍衔石，/斗士诚坚共抗流。/度尽劫波

兄弟在，／相逢一笑泯恩仇。（参见 wenwen. soso. com）

六十年前曾握手
海峡分隔时已久
渡尽劫波兄弟在
相见一笑泯恩仇

为长生胡总书记与连战主席北京握手晓虹光

《七绝·胡总书记与连战主席北京握手》

长　曲
贺连战主席访大陆圆满成功

（2005 年 5 月）

应中国共产党中央委员会和中共中央总书记胡锦涛的邀请，中国国民党主席连战率中国国民党大陆访问团于 2005 年 4 月 26 日至 5 月 3 日访问了南京、北京、西安、上海，访问获得了圆满成功。

六十年前，兄弟曾晤面。未料战火起，打了三年内战。我据有大陆，你退守台湾；一道海峡将我们隔开，厦门、金门曾经时有炮战。虽然我们长期相互敌对，但我们都承认自己的母亲叫中国，自己的先行者是孙中山。我们都反对台湾独立，都反对那些背叛祖宗的独派汉奸。　　跨过海峡，越过高山，你终于来了，来到大陆，来到北京，兄弟们亲切会面。大家都感慨万千，都觉得相见恨晚。毕竟是血浓于水呀，为了中华民族的伟大复兴，我们又有什么矛盾不能解决，有什么问题不好商谈？北京的亲切会见，我们有许多共同语言，很快达成五项共识，发表了"四·二九"新闻公报，大陆和台湾的多数民众都交口称赞。　　你在大陆待了八天七晚，从南京，到北京；去上海，经西安。所到之处，都洋溢着兄弟之情，手足之谊，谁都不再计较过去的恩恩怨怨。祖国的富强，民族的复兴，是我们双方共同的期盼。　　多来往吧，我们的同胞兄弟！让两岸人民越走越近，让海峡不再成为我们之间的阻断；让"台独分子"黄粱梦破，让国外反动势力分裂我们的阴谋彻底破产！让中华民族早日实现伟大复兴，让五十六个民族的中华儿女团团圆圆！

【六十年前，兄弟曾晤面】指中国人民于 1945 年取得抗日战争的胜利之后，国共两党的领导人曾在重庆谈判有关成立联合政府的问题。

【**厦门、金门曾经时有炮战**】从 20 世纪 50 年代至 70 年代，厦门和金门之间的炮战持续了二十余年，直至 1979 年停止。

【**"四·二九"新闻公报**】2005 年 4 月 29 日，《中国共产党总书记胡锦涛与中国国民党主席连战会谈新闻公报》发表。两党在共同体认坚持"九二共识"，反对"台独"，谋求台海和平稳定，促进两岸关系发展，维护两岸同胞利益等共同主张的基础上，达成五项共识，即：1. 促进迅速恢复两岸谈判，共谋两岸人民福祉；2. 促进终止敌对状态，达成和平协议；3. 促进两岸经济全面交流，建立两岸经济合作机制；4. 促进协商台湾民众关心的参与国际活动的问题；5. 建立党对党定期沟通平台。

水调歌头

庆贺香港回归

（1997 年 6 月）

百年复几许，感慨一何多！堂堂中华大国，领土被掠夺。可恨列强凶恶，不仅将我宰割，还以鸦片害我。践踏我人权，屈辱对谁说？　四九年、诞生了、新中国，巨人屹立，还有谁敢觊觎我？更有开放改革，首倡一国两制，英揆无话说。香港将回归，百年国耻雪。

【香港】位于珠江口外东侧，背靠中国大陆，面朝南海，为珠江内河与南海交通的咽喉，南中国的门户；又地处欧亚大陆东南部、南海与台湾海峡之交，是亚洲及世界的航道要冲。1841 年 1 月 26 日，第一次鸦片战争后，英国强占香港岛，1842 年 8 月 29 日，清政府与英国签订不平等的《南京条约》，割让香港岛给英国。1860 年 10 月 24 日，中英签订不平等的《北京条约》，割让九龙半岛界限街以南地区给英国。1898 年 6 月 9 日，英国强迫清政府签订《展拓香港界址专条》，租借九龙半岛界限街以北地区及附近 262 个岛屿，租期 99 年（至 1997 年 6 月 30 日结束）。1941 年 12 月 25 日，日军进犯香港，驻港英军无力抵抗，当时的香港总督杨慕琦无奈宣布投降。香港被日本占领，开始了三年零八个月的"日治时期"。1945 年 9 月 15 日，日本战败后在香港签署降书，撤出香港。

【香港回归】1984 年 12 月 19 日，中英签署关于香港问题的联合声明，落实香港 1997 年之后实行"一国两制"。1997 年 7 月 1 日，香港成为中华人民共和国的特别行政区。根据《中华人民共和国香港特别行政区基本法》，香港保留原有的经济、法律和社会制度，50 年不变，实行"一国两制"，除防务和外交归中央政府外，香港特别行政区享有高度自治。

【**以鸦片害我**】19世纪30年代，英国为了扭转对华贸易逆差，开始向中国大量走私鸦片，以获取暴利，并严重危害了中国人民的健康和国家与民族的利益。1839年6月3日，钦差大臣林则徐下令在虎门海滩当众销毁鸦片，至6月25日结束，共历时23天，销毁鸦片19 187箱和2 119袋，总重量达2 376 254斤之巨。

千秋岁引
庆贺澳门回归
（1999 年 12 月）

1999 年 12 月 20 日 0 时，中葡两国政府在澳门文化中心举行政权交接仪式，中国政府对澳门恢复行使主权，澳门回归祖国。这是继 1997 年 7 月 1 日香港回归祖国之后，中华民族在实现祖国统一大业中的又一盛事。

华灯如昼，好风如水，喜看澳门升降旗。荷花映日别样红，莲叶接天无穷碧。葡人走，游子归，九州醉。　中华文明五千禧，可惜封建长积弊，无奈曾被列强欺。新生五秩巨龙飞，扬眉吐气十二亿。昌四化，兴法治，振国威。

【好风如水】出自宋代苏轼《永遇乐·明月如霜》："明月如霜，好风如水，清景无限。曲港跳鱼，圆荷泻露，寂寞无人见。"

【喜看澳门升降旗】公元 1999 年 12 月 20 日 0 时，中华人民共和国国旗和中华人民共和国澳门特别行政区区旗在雄壮的国歌《义勇军进行曲》乐曲声中在澳门庄严升起。在此前 2 分钟，葡萄牙国旗和澳门市政厅旗在澳门缓缓降下。

【荷花映日别样红，莲叶接天无穷碧】出自南宋杨万里《晓出净慈寺送林子方》："毕竟西湖六月中，风光不与四时同；接天莲叶无穷碧，映日荷花别样红。"荷花又称莲花，是中华人民共和国澳门特别行政区的区花，是区旗、区徽的图案，而绿色的区旗又像是碧绿的莲叶。"映日""接天"在这里寓意"回归"，而"别样红""无穷碧"寓意回归后的澳门将更加兴旺发达。

【中华文明五千禧】意指中华文明有了可喜可贺的 5000 年历史。禧（音同喜），含有幸福、吉祥、喜庆等意。见《现代汉语词典》，商务印书馆 1987 年版，第 1234 页。

【新生五秩巨龙飞】 指新中国诞生 50 年来，在一穷二白、人口负担重的基础上，创造了摆脱贫穷落后、高速发展经济、战胜异国侵略以及实行一国两制、收回香港、澳门等奇迹，成为东方正在腾飞的巨龙，12 亿人民因之扬眉吐气。

【昌四化】 指新中国大力推进农业、工业、国防和科学技术的现代化取得巨大成就，初步实现了国家的繁荣昌盛。

【说明】 澳门位于广东省珠江口西岸，北以关闸为界与珠海经济特区的拱北接壤。面积 23.5 平方公里，常住人口四十二万余人，流动人口约四万人。葡萄牙对澳门的占领是逐步进行的。早在明朝，葡萄牙人已开始在澳门进行贸易和修建洋房居住。1623 年，葡萄牙任命马士加路也为澳督，并正式到澳门就职。1842 年，清政府与英国签订《南京条约》割让香港后，葡萄牙趁火打劫，要求豁免地租银，并由葡军驻防澳门半岛，遭清政府断然拒绝，但维持已给予葡萄牙的各样优待。1845 年 11 月 20 日，葡萄牙女王玛丽亚二世单方面宣布澳门为自由港，除容许外国商船停泊进行贸易活动外，更拒绝向清朝政府缴纳地租银。1846 年 4 月澳督亚马留上任后，随即推行一系列殖民统治政策。1846 年 5 月，亚马留单方面宣布对澳门华籍居民征收地租、人头税和不动产税，把只对葡萄牙居民实行的统治权，扩大到华籍居民。亚马留之举立即引起驻澳的清朝官员的严重抗议与交涉。但从 1849 年开始，亚马留悍然将清朝官员赶出澳门，捣毁清朝海关，并停止向清政府缴纳地租银。亚马留的举动，进一步激起了华籍居民的民愤。结果，亚马留在 1849 年 8 月 22 日被刺杀身亡。1862 年葡萄牙曾与清政府草签《中葡和好贸易条约》，欲将澳门地区转为葡萄牙之属地，但因被发现而告终。直至 1886 年（光绪十二年），葡萄牙与英国代表藉鸦片缉私征税的合作与清政府谈判。1887 年，清政府与葡萄牙先后签订了《中葡里斯本草约》、《和好通商条约》，条约列明："由中国坚准葡国永驻管理澳门以及属澳之地，与葡国治理他处无异"。不过为避免主权彻底丧失，清政府保留了将澳门让与他国的权利，葡萄牙若想将澳门让与他国，必须经过中国同意。

望海潮
杨利伟访问香港
（2003 年 11 月）

　　《人民日报》2003 年 11 月 21 日报道：中国首次载人航天飞行代表团于 2003 年 11 月初访问香港受到热情欢迎，首飞航天员杨利伟返回内地后，仍收到不少从香港寄来的贺信。20 日，杨利伟致函香港特别行政区政府说："从抵达香港的那一刻起，我和我们代表团的全体成员，就一直沉浸在欢乐的海洋之中。香港同胞对中华民族千年飞天梦圆的喜悦之情，对伟大祖国日益强盛的自豪之情，对国家航天事业的关爱之情，每时每刻都在深深地感染我，鼓舞我。"

　　香江之滨，人海如潮，国旗区旗飘飘。争相握手，热烈拥抱，欢迎大会挤爆。高歌唱祖国，欢呼声不绝，热气好高。参观航展，十万港民，有老婆婆。　　香港回归祖国，已六年有多，历经风波。金融风暴，非典作恶，化解仰赖祖国。激荡中国心，又赖航天热，促港建设。东方之珠更靓，我们期待着。

　　【欢迎大会挤爆】据《人民日报》报道，在大球场举行的香港各界欢迎航天团的汇演上，四万多市民几乎把大球场挤爆。

　　【高歌唱祖国】据《人民日报》报道，《歌唱祖国》的嘹亮歌声久久回荡在大球场上空。

　　【参观航展】据《人民日报》报道，在香港科学馆举行的航天展览，是该馆有史以来第一次通宵开放，四天三夜的航天展共吸引了 10.3 万市民排队进场参观，打破连续举办展览时数最长和平均每小时入场人次的最高纪录。80 岁的刘婆婆坐着轮椅由女儿送到科学馆参观。她说："中国人从未出过这样的风头，我感到很骄傲。"

　　【金融风暴】20 世纪 90 年代末，由东南亚波及香港的金融危机，曾使不少国家和地区货币贬值，经济萧条。

【非典作恶】2003 年上半年，非典型肺炎一度在香港传播，造成一百多人死亡。

【化解仰赖祖国】在香港遭遇金融风暴和非典期间，中央政府曾给予香港多方支持。

【激荡中国心】据《人民日报》报道，一次最新调查显示，"神舟"五号飞天的成功和杨利伟的事迹，给香港社会带来了珍贵而丰硕的精神果实。市民的国家认同感明显增强。中国出现首位航天员，令 66% 的受访者感到兴奋和自豪；有七成受访者认为杨利伟的爱国精神值得学习。

人月圆
杨利伟访问澳门
（2003 年 11 月）

报载，2003 年 11 月 5～6 日，我国首飞航天员杨利伟随中国首次载人航天飞行代表团访问澳门，26 小时的旋风式访问，令澳门各界交口称赞。《参考消息》驻澳门记者以《杨利伟旋风式访澳 26 小时震撼人心》为题报道了这次访问。

英雄小城礼遇高，罕有追星潮。为赴晚会，苦候一夜，获取门票。　十二万人，参观航展，热情奇高。支援航天，争做奉献，捐款踊跃。

【英雄小城礼遇高】 据《参考消息》2003 年 11 月 11 日报道，杨利伟等 14 人莅临澳门，澳门宛如迎来盛大节日，市民们以标语、鲜花、掌声和欢呼给予代表团最高的礼遇。澳门特区政府在金莲花广场举行了隆重的欢迎仪式，在赛马场举行了尽显澳门特色的大型欢迎晚会。

【罕有追星潮】 据报道，在代表团约半个小时的游览行程中，出现了在澳门罕有的追星潮。50 多岁的郑安姿女士因为突破人墙握到了杨利伟的手，立刻引来了艳羡的目光，更有人围上前来与之相握，以间接地同心目中的英雄握手。既没追过影星也没追过歌星的郭丽萍女士说："杨利伟太了不起了，他令我们都为自己是中国人而感到骄傲。"

【为赴晚会句】 据报道，为获取向公众派发的综合晚会门票，以近距离接触杨利伟，许多人不惜通宵排队。

【十二万人句】 据报道，只有 45 万人口的澳门，居然有 12.4 万人参观了航天展。为避开参观高峰，有些人特意在凌晨 3 点起床，星夜前往。

【支援航天句】 据报道，在短短的几天里，澳门市民向中国航天基金会捐款将近 1 400 万元，平均每人 30 多元。

摊破水调歌头
龙年元宵节
（2012 年 2 月）

宋代大文豪苏轼的《水调歌头·明月几时有》大气磅礴，脍炙人口，令后人赞叹不已却难以企及。老夫经常捧读品味，百读不厌。适逢龙年元宵节，举杯望月，浮想联翩，乃模仿苏词，试填《水调歌头》一首，末句增加五字，是谓"摊破水调歌头"。

元宵共赏月，举杯望青天。或许天上宫阙，今夕亦龙年。我欲乘风登月，又恐年老体衰，高处不胜寒。中华在振兴，何似在人间？　居大陆，思港澳，想台湾。吾心有恨：两岸何时得团圆？多少悲欢离合，多少阴晴圆缺，一年又一年。但愿早统一，中华民族伟大复兴梦圆。

【**苏轼**】苏轼（1036～1101 年）字子瞻，号东坡，眉州眉山人。与其父苏洵、弟苏辙（字子由）均系"唐宋八大家"之一。
【**水调歌头·明月几时有**】苏轼的重要词作之一。全词如下：
丙辰中秋，欢饮达旦，大醉，作此篇，兼怀子由。

明月几时有？把酒问青天。不知天上宫阙，今夕是何年？我欲乘风归去，唯恐琼楼玉宇，高处不胜寒。起舞弄清影，何似在人间？　转朱阁，低绮户，照无眠。不应有恨，何事长向别时圆？人有悲欢离合，月有阴晴圆缺，此事古难全。但愿人长久，千里共婵娟。

第三章　保疆篇

长　曲
斥日本首相野田佳彦
（2012 年 9 月）

　　明知是甲午战争后日本将钓鱼岛掠夺去，"二战"后应当原主物归；明知当年美国偏心将钓鱼岛非法交日本"行政管理"，并不涉及主权问题，他却如此耍赖，不仅上演"购岛"闹剧，还厚着脸皮将岛争闹到联合国去。他还嚣张得实在可以，公然声称必要时动用自卫队。你猜这厮是谁，你猜这厮是谁？他就是日相野田佳彦，真个是野得出奇。　　野田，野田！你听个仔细：今日中国已不是积贫积弱的大清，今日中国是世界上五个核大国之一，我们的洲际导弹可以打到世界各地，我们的综合国力已经今非昔比。你仗势老美为你撑腰么？哈哈！且不要将算盘打得那么如意。从来不想吃亏的老美岂能为你火中取栗！更何况，我伟大中华固然爱好和平，但也从不惧怕任何霸权强敌。当年，为了保卫珍宝岛我们曾经与苏联开战，还有，1950 年爆发的抗美援朝战争，我们更是打得扬眉吐气。野田们，快从钓鱼岛滚出去，快从钓鱼岛滚出去！等着看吧，无论时间长短，我们一定要一步步将钓鱼岛收回！

　　海内外同胞们，让我们团结一心，振兴中华，我们的领土、领海一寸一分都不能失去！

　　【"购岛"闹剧】据新华社电讯，日本政府的"购岛"是其进行的一场危险赌博。日本政府 2012 年 9 月 10 日下午举行会议确定钓鱼岛"国有化"方针，在危害中日关系大局的错误道路上一意孤行，致使钓鱼岛争端到了一触即发的危机边缘。几个月来的事态发展表明，日本中央政府从一开始就严重误判形势，倚仗日美军事同盟，与东京都一唱一和，成为"购岛"闹剧的主要推手。而石原慎太郎等极右翼政客，客观上为日本中央政府积极充当了烧火棍的角色。在全球化时代，国家经济越是萎靡，越需要防范非理性的民族主义情绪抬头，越需要加强地区和全球合作以共克时艰。遗憾的是，不论是野田佳彦还是石原慎太郎，在钓鱼岛问题上的主要着眼点既不是日本的国家利益，也不是中日友好大局，而是丑陋的党派政治争斗。但是，日本政府和右翼势力严重低估了事态的严重性和中国的"保钓"决心，赌博的结果必输无疑。其今日之行为有多恶劣，日后之代价便有多苦涩。领土主权事关民族尊严和国家核心利益，对日本非法"购岛"之举，中方坚决反对，将采取必要的措施维护国家的领土主权。（参见新蓝网 CZTV. COM，2012 年 9 月 15 日最后访问）

【"购岛"闹剧回顾】 据新华社电讯，2012 年 4 月 16 日，日本东京都知事石原慎太郎作出有关政府出面"购买"钓鱼岛的提议；7 月 7 日，日本首相野田佳彦宣称，政府正就购买有关岛屿并实现"国有化"进行综合研究；7 月 24 日，野田佳彦在参议院接受质询时称，政府已着手筹措预算，正式启动钓鱼岛"国有化"程序；8 月 19 日，包括数名地方议员在内的 10 名日本人登上钓鱼岛，并将日本国旗绑在岛上的灯台上；8 月 24 日；日本众议院通过决议，称钓鱼岛是"日本领土"，并谴责中国"保钓"人士登岛；9 月 2 日，日本东京都调查团 25 人乘坐包船，在钓鱼岛海域展开非法调查；9 月 3 日，日本中央政府与钓鱼岛所谓"岛主"展开正式"购岛"谈判，日本政府准备出价 20.5 亿日元；9 月 10 日，日本政府经决定购买"尖阁诸岛"（即中国钓鱼岛及其附属岛屿）中的钓鱼岛、北小岛和南小岛。（参见 CZTV. COM，2012 年 9 月 15 日最后访问）

天净沙
斥日本右翼
（2012 年 9 月）

供奉战犯若神，保留侵略阴魂，制造领土纠纷。备战扩军，都是什么鸟人！

又

制造"购岛"闹剧，强硬却无底气，国际处境孤立。日本右翼，还有什么把戏！

【供奉战犯若神】日本在靖国神社里供奉着大量在侵略战争中死去的战犯。靖国神社是日本近代史上军国主义对外侵略扩张的精神支柱。它始建于 1869 年（明治维新第二年），最初叫"东京招魂社"，1879 年改称为"靖国神社"。它把在明治维新以来历次战争、其中多为对外侵略战争中死去的亡灵作为神来祭祀。靖国神社坐落在日本东京千代田区九段，占地 10 多万平方米。神社大门外两侧各竖一座高约 10 米的石塔。石塔建于 1935 年，塔身上有 16 块浮雕，反映的都是为日本侵华战争树碑立传的内容，从 1895 年日本侵占台湾，到 1931 年"九一八"事变占领我国东北，1932 年进攻上海等侵略行径都作为"追慕"的"光荣史迹"而雕在那里。神社大殿里供奉着日本明治维新以来的 246 万多军人，其中包括日本历次对外侵略战争中战死的军人。1978 年 10 月，东条英机等 14 名甲级战犯和 2 000 余名乙级、丙级战犯的牌位也被移进这个神社作为"为国殉难者"祭祀。靖国神社里还有一个陈列馆"游就馆"。馆内不仅展示着日军的各种杀人工具和"二战"中使用的一些武器装备，还美化日本的侵略战争历史，极力歪曲侵华战争，粉饰南京大屠杀事件。展厅里的影像墙上，还悬挂着东条英机等 14 名甲级战犯的照片，供人顶礼膜拜。第二次世界大战以后，占领军总司令部在 1945 年 12 月发出"神道指令"，切断了靖国神社与国家的特殊关系。1952 年 9 月，根据日本宪法政教分离的原则，靖国神社改为独立的宗教法人。但是，靖国神社一直是日本右翼势力鼓噪军国主义的大本营，每年"8·15"日本战败日，日本右翼势力都通过参拜活动美化侵略战争，宣扬军国主义思想。(参见 2006 年 8 月 16 日《人民日报》第 3 版文章:《从参拜靖国神社看错误的历史观》，署名纪国平)

山坡驴
再斥日本右翼
（2012 年 9 月）

你呀你，你真是一头犟驴，不让你拜鬼，你偏要去；不让你向经济关系密切的中国挑衅，你偏要演出购岛闹剧。你行走在右倾的山坡上，再往前走就是悬崖峭壁。哎呀呀！你还不赶快悬崖勒驴！前行，你会摔得粉碎；后退，你才会有生机。

【山坡驴】元曲有曲牌《山坡羊》，并无《山坡驴》之曲牌，本曲牌乃本选集作者草创的新曲牌。

【拜鬼】指参拜靖国神社。日本的靖国神社供奉着第二次世界大战时期的甲级战犯 14 名，还有为数众多的乙级战犯和丙级战犯。（详见前注）

定风波
赞日本历史学教授井上清先生
（2012 年 10 月）

　　据 2012 年 10 月 24 日《参考消息》报道，日本著名历史学教授井上清先生曾经写道："真的不得了！我恍然大悟：尖阁列岛……正确应称之为钓鱼群岛或钓鱼列岛——不正是日本在甲午战争中从中国掠夺的吗？……现在又欲把其当做是日本领土，这不是日本军国主义抬头，又是什么？"井上先生尊重历史事实的大义之言实在令人感动，遂填词《定风波》以赞之。

　　井上研究历史学，大义凛然照实说，钓鱼群岛属中国。难得！亲赴琉球作调研，历史证据全掌握，确凿！屡遭恐吓终不悔，为免日本上战车。了得！铮铮铁骨真爱国。

　　【井上清】系日本著名历史学家，生于 1913 年，于日本战败投降后开始研究日本近现代历史，积极参与和平反战运动，主张中日友好。井上清教授访问中国 30 余次，中国许多老一辈领导人曾会见过他。井上清教授早在 1972 年就发表过关于钓鱼岛是中国的领土的论文。1996 年 7 月，日本右翼在钓鱼岛设置灯塔，想以此证明钓鱼岛及附属岛屿是日本领土，而日本政府对此却未加丝毫干预，井上清感到这是东山再起的日本军国主义对中国的严重挑衅，遂出版《"尖阁列岛"——钓鱼岛的历史解明》，再次阐明钓鱼岛是中国的领土这一史实，以此回击日本右翼势力的抬头。看到井上清的论著，许多日本人问他：你是日本人还是中国人？井上清回答说："我是日本人，我爱日本国，我不是在替中国人说话，我不愿看到日本军国主义利用钓鱼岛问题再次把日本带到侵略战争的漩涡之中去。"但是，日本右翼却经常以信件、电话等对井上清教授进行恐吓，要他"闭嘴"。2001 年 11 月 23 日，井上清先生不幸病逝，享年 88 岁。参见《参考消息》记者徐扬报道：《他说钓鱼岛是中国的——中国学者追忆日本已故著名历史学教授井上清》，载《参考消息》2012 年 10 月 24 日第 11 版。

【历史证据】井上清教授根据可靠的资料在其著作中从 1372 年（明洪武五年）明太祖派遣杨载出使琉球说起，上百年间，中国史书上多次记录钓鱼岛为版图之内，就是日本人在《三国通览图说》中也将钓鱼岛涂成与中国本土相同的而有别于日本本土的颜色。日本占领钓鱼岛是在 1895 年，日本命名钓鱼岛为尖阁列岛是在 1900 年（由冲绳县师范学校教师黑岩恒首先提出）。井卜清教授认为，钓鱼岛是日本军国主义对外扩张所占领的中国领土，这是史书记载的、确凿无误的历史事实。（参见《参考消息》2012 年 10 月 24 日第 11 版）

【为免日本上战车】即为避免日本走上军国主义、发动侵略战争的老路。井上清教授在其著作中写到：领土问题最能刺激国民的感情。自古以来，反动统治者往往捏造领土问题，煽动人民掀起虚假的爱国主义狂热。死灰复燃的日本军国主义也是妄图通过蛮横无理地坚持"尖阁列岛"的"主权"，把日本人民卷进军国主义的大漩涡之中。（参见《参考消息》2012 年 10 月 24 日第 11 版）

长 曲

斯蒂芬·哈纳关于钓鱼岛问题的七点认识

（2013 年 2 月）

读 2013 年 2 月 22 日《参考消息》，美国学者斯蒂芬·哈纳（曾任美国政府官员）于 2 月 20 日在美国《福布斯》杂志网站发表文章，题目为《日本和美国忽视中国的信号和历史，误入尖阁诸岛/钓鱼岛危机》。哈纳最近阅读了日本最知名的研究中国问题学者之一、横滨大学名誉教授矢吹晋关于钓鱼岛危机的新作（即《尖阁问题的核心——日中关系会怎样》），认为该书更公正客观、也更透彻地阐述了日中两国以及美国在尖阁诸岛/钓鱼岛争端中的立场。哈纳在文章中说，"冒着过分简单化的风险，我想我可以将矢吹晋的分析和结论总结为七点认识"。老夫试将哈纳的七点认识概括如下。

矢吹晋先生见解高，哈纳先生的七点认识总结得好：一是日本关于钓鱼岛问题的立场站不住脚，因为日本的立场违背了波茨坦公告；二是 1895 年日本吞并琉球，霸占了台湾和澎湖列岛；三是 1971 年美日签订《冲绳归还协定》，主权问题不涉及钓鱼岛；四是 1971 年 12 月 15 日，日本外相在国会作证时错误断言，对国民的认识作了误导；五是日本对钓鱼岛实行所谓"国有化"之前，中国一直基于建交时的"搁置"共识处理钓鱼岛；六是日方从中日建交官方记录中删除了搁置钓鱼岛争议的记录，瞒天过海耍了花招；七是野田政府将钓鱼岛"国有化"是一种挑衅，中方的强烈反制理所当然避免不了。

忠言逆耳利于行，良药苦口利于病。矢吹晋与哈纳两位先生的意见确是一剂良药，奉劝日美当局认真听一听，切勿沿着错误的思维一意孤行。

【波茨坦公告】又称《波茨坦宣言》，全称《中美英三国促令日本投降之波茨坦公告》。该公告的主要内容是声明三国在战胜纳粹德国后，一起致力于战胜日本侵略者及履行《开罗宣言》等对战后日本的处理方式之决定。《波茨坦公告》第8条规定："《开罗宣言》之条件必将实施，而日本之主权必将限于本州、北海道、九州、四国及吾人所决定其他小岛之内。"1943年12月1日由中、美、英三国发表的《开罗宣言》则明确声明，日本侵占的中国东北、台湾、澎湖群岛等，归还中国，其他日本以武力或贪欲所攫取之土地，亦务将日本驱逐出境。宣言对小岛没有一一列举，但解释权理所当然属于包括中国在内的战胜国，而不属于战败国。鉴于日本政府一再拒绝投降，美国于1945年8月6日和8月9日分别在广岛和长崎投放原子弹，苏联则于8月9日向盘踞中国东北的日军发动进攻，同时宣布加入《波茨坦公告》。日本昭和天皇裕仁于1945年8月10日通过瑞典及瑞士政府向中、美、英、苏四国照会，接受《波茨坦公告》，重庆时间1945年8月15日7时，中、美、英、苏四国同时宣布已接受日本投降。

斯蒂芬·哈纳基于对矢吹晋著作的第二点认识写道："1895年1月明治政府吞并琉球群岛——尖阁诸岛/钓鱼岛被认定在其中。几个月后清政府与日本签订《马关条约》，割让台湾和澎湖列岛。这些都涵盖在《波茨坦公告》的条款中。这些岛屿过去是现在也显然是台湾的一部分，因此台湾继续使用和占有岛屿的要求是合理的。"

【日本外相国会作证时错误断言】斯蒂芬·哈纳基于对矢吹晋著作的第四点认识写道："日本的政策——尤其是公众的误解——基于1971年12月15日时任外务大臣福田赳夫在国会作证时的错误断言。他当时称，《冲绳归还协定》已经恢复了日本对尖阁诸岛/钓鱼岛的主权。是福田误解了这个问题，还是他故意要欺骗国人，这一点并不清楚。"

四 言

斥美国参议院

（2012 年 12 月）

　　美国参院，实在短见，颐指气使，玩弄霸权，背离史实，乱提议案，助日反华，制造黑暗。钓鱼诸岛，中华固有，甲午战后，日本侵占；二战结束，对日清算，依法据理，应当归还。参院诸君，办事不端，助纣为虐，养虎遗患；有朝一日，反攻倒算，狼咬东郭，悔之将晚。

　　【乱提议案】《中新网》2012 年 12 月 5 日电综合报道，美国参院在 4 日的全体会议上表决通过了 2013 财年（2012 年 10 月至 2013 年 9 月）国防授权法修正案。该法案明确写到将钓鱼岛作为《日美安保条约》第 5 条的适用对象。该法案将在经过与众院协商，并由总统奥巴马签署后正式成为法律。美国参议院全体会议 11 月 29 日决定，在 2013 财年"国防授权法案"中加入补充条款，明确规定钓鱼岛是《日美安保条约》第 5 条的适用对象。该补充条款称，"美国对钓鱼岛最终的主权归属不持特定立场，但认为其处于日本的管辖之下"，并间接提醒中国"第三方的单方面行动不会影响美国的这一立场"。此前，美国国务院曾一再重申美方在钓鱼岛问题上不持立场，但希望双方通过外交途径解决问题。对此，中国外交部发言人洪磊 12 月 3 日在例行记者会上表达了中方的严重关切和坚决反对。他表示，钓鱼岛及其附属岛屿自古以来就是中国固有领土，中国对此拥有无可争辩的主权。《美日安保条约》是"冷战"时期的产物，不应超出双边范畴，不应损害第三方利益。洪磊说："美方曾多次表示在中日领土争端问题上不会选边站队，希望美方从本地区和平稳定大局出发，言行一致，不要发出自相矛盾的错误信号，多做有利于本地区和平稳定的事情。"（参见 21CN 新闻，2012 年 12 月 15 日最后访问）

　　【**甲午战后，日本侵占**】钓鱼岛归属问题，是中日两国悬而未决的领土主权争议问题。中国认为：钓鱼岛是中国固有领土，隶属于台湾省，在甲午战争中被日本非法窃取。1943 年中、美、英三国《开罗宣言》明确规定："要使日本所窃取于中国之领土，例如满洲、台湾、澎湖列岛等，归还中国。日本亦将被逐出于其以武力或贪欲所攫取之所有土地。"1945 年中、美、英三国敦促日本投降的《波茨坦公告》强调："《开罗宣言》之条件必将实施。"既然日本接受了《波茨坦公告》，就意味着必须放弃其所攫取的所有中国领土，这当然包括在甲午战争中非法侵占的钓鱼岛。

虞美人
日本政局乱象
（2012 年 12 月）

频频换相何时了，乱象知多少？东京昨夜又西风，日本政客大多往右冲。　　侵略阴魂今犹在，拜鬼更难改。问君能有几多忧？右翼坐大危害全亚洲。

【频频换相】"频频换相"是日本政坛的一个特色，有媒体统计显示，日本是全世界更换首相最频繁的国家，自 1885 年伊藤博文出任第一任首相，至今也就百多年时间，却换了近百任首相，平均 1.35 年换一任。任期最短的羽田孜只干了 64 天。自 2006 年以来安倍晋三、福田康夫和麻生太郎三任首相先后在位 366、365 和 358 天，到了鸠山由纪夫只剩下 266 天。菅直人和野田佳彦在位时间也都不长。

【日本政客大多往右冲】从当前日本政局来看，无论是现在台上的民主党人野田佳彦，还是准备上台的自民党人安倍晋三，都在以右的和更右的政策观点拉选票。特别是石原慎太郎，他 1968 年当选日本参议院议员，1999 年当选东京都知事并三度连任，2012 年宣布辞职，同年以新党为基础组建太阳党，并将其与维新会合并，由石原出任党首。石原慎太郎是国际知名的反华和反美分子，一直否认日本在军国主义时代所犯下的各种罪行，常以"支那"一词称呼中国，并以冒犯中国的言论博取注意。

【侵略阴魂今犹在】一部分日本政客一直将罪恶累累的甲级战犯东条英机等人敬若神明，处心积虑地企图否定日本的侵略历史，拒绝向受害国人民真诚地赔礼道歉。

酒泉子
斥日本政客拜鬼
（2013 年 4 月）

成群结队，日本政客又拜鬼。为修宪，为选票，为战备。

二战犯下滔天罪，至今没有痛悔。谋钓岛，反中华，傍老美。

【**日本政客又拜鬼**】在日本首相安倍晋三组成的新一届内阁中，总务大臣新藤义孝 4 月 20 日参拜靖国神社；副首相兼财务大臣麻生太郎、国家公共安全委员会委员长兼绑架问题担当大臣古屋圭司 4 月 21 日参拜。官房副长官加藤胜信也于 4 月 21 日参拜。安倍晋三虽没有参拜，但 4 月 21 日以首相名义向靖国神社供奉祭品。在朝鲜半岛局势紧张的情况下，安倍晋三内阁第二号人物、副首相麻生太郎等内阁成员参拜靖国神社，安倍首相允许这一行为，显然对缓和东北亚局势并无诚意。继安倍晋三内阁的 3 名阁僚参拜后，168 名日本国会议员 4 月 23 日参拜供奉第二次世界大战 14 名日本甲级战犯的靖国神社，人数为 1989 年以来最多。这类行径受到中国、韩国和亚洲其他邻国的强烈反对和谴责。中国外交部发言人华春莹 4 月 23 日表示，中方就日本内阁成员参拜靖国神社向日方提出严正交涉。韩国外交部长官尹炳世已经取消定于 26～27 日对日本的访问。但是，据共同社东京 2013 年 4 月 24 日电，日本首相安倍晋三 4 月 24 日在参议院预算委员会上就中韩两国政府谴责副首相麻生太郎等多名阁僚参拜靖国神社一事表示："我阁僚不会向威胁屈服。保障向尊敬英灵表达崇敬之意的自由是理所当然的事。"

【**为修宪，为选票，为战备**】日本右翼一直在谋求改变和平宪法。据日本《产经新闻》2013 年 4 月 2 日报道，日本极右政客、维新会代表石原慎太郎 4 月 2 日在国会内出席了维新会国会议员团负责人会议，在负责人会议开始的致辞中宣称："这次参议院选举的焦点将是修宪。"另据媒体报道，日本首相安倍晋三也以其"鹰派"作风博取民心，支持率不断攀升，使其在主动挑衅的道路上越走越坦然。修宪的"日程表"已经烂熟在心，日本正信心满满地前行。最让人心惊的不是某个或者某几个政客的偏执，而是其中透露出的日本社会整体的向右转倾向。英国《金融时报》网站2013 年 4 月 28 日发表记者乔纳森·索布尔发自东京的报道，题为《安倍的民族主义倾向受到审视》，该文章论点认为"不管在什么情况下，安倍都可能将安全与外交方面的强硬言论视作争取选票的工具，而不是风险。"日本右翼也正在借此机会谋求将自卫队改变为所谓"国防军"，且不惜以战争手段霸占我钓鱼岛。

天净沙
斥日本首相安倍晋三
（2013 年 4 月）

三呼天皇万岁，鼓舞好战士气，高官连续拜鬼。安倍晋三，打的什么主意！

【三呼天皇万岁】据韩国《朝鲜日报》网站 2013 年 4 月 29 日报道，日本首相安倍晋三 4 月 28 日在东京宪政纪念馆出席"主权恢复日"纪念活动，纪念日本摆脱美军统治的日子。美军当时统治日本是因为日本发动了侵略战争，但安倍晋三对侵略战争只字未提，也未就导致日本丧失主权的侵略战争进行道歉和反省，却在出席纪念活动的日本天皇离开现场时，与包括日本最高法院院长和参众议员在内的四百多人一起举起双臂对天皇三呼万岁。这种场面是"二战"前为侵略战争鼓劲时经常出现的，这种"出乎意料的三呼万岁令部分参加人员惊慌失措"。（参见《参考消息》2013 年 4 月 30 日第 3 版）

【鼓舞好战士气】据香港《苹果日报》、《星岛日报》等媒体 2013 年 4 月 29 日报道，日本首相安倍晋三日前出席一家视频网站在千叶市一家展览中心举行的活动时，曾高呼"决不允许日本领土领海主权受侵犯"等口号，随后穿上迷彩战衣，头戴坦克帽，登上陆上自卫队最新研发的坦克拍照，旨在对外展示强硬姿态。

【官员连续拜鬼】据媒体报道，在日本内阁的副首相麻生太郎等高官及 168 名议员参拜靖国神社受到国内外舆论的批判之后不几天，又有日本内阁的高官继续参拜靖国神社。正如英国媒体所报道的，安倍晋三不仅为拜鬼行为辩护，"又质疑日本是否在'二战'期间侵略过亚洲邻国，并且还部分否认了一位前任曾为日本的殖民征服行为所做的道歉。"（参见《参考消息》2013 年 4 月 30 日第 3 版报道：《安倍极右言行遭外媒鞭挞》）

山坡驴
再斥日本首相安倍晋三
（2013 年 12 月）

据媒体报道，2013 年 12 月 26 日上午，日本首相安倍晋三无视"二战"受害国人民的感情，悍然参拜了供奉有日本甲级战犯亡灵的靖国神社，并以"内阁总理大臣安倍晋三"的名义"敬献了"白色菊花。

你呀你，你真是一头犟驴。你逆势而上，无所顾忌，终于赤膊上阵而敢冒天下之大不韪，亲自上演了拜鬼闹剧。你挑衅二战受害国人民，必然遭到国际舆论痛批。哎呀呀，你还不赶快悬崖勒驴！你上了历史的耻辱柱！中韩，对你横眉冷对；老美，对你很不满意。

【山坡驴】参见前注。从前人填写的词曲来看，较之词牌的句数和每句字数的相对固定，曲牌的句数与每句的字数则可以有所变化。

【遭到国际舆论痛批】据《参考消息》和中央电视台 2013 年 12 月 26～30 日的有关报道，安倍晋三拜鬼之后，不仅受到中国的严厉谴责，也受到国际舆论的严厉批判。韩国政府发言人、文化体育观光部长官刘震龙于安倍拜鬼当天发表谴责声明，对日本首相安倍晋三参拜靖国神社一事表示"极度失望和愤怒"。他还指出，靖国神社是逆历史潮流的建筑，里面供奉有不可原谅的"二战"战犯。安倍的参拜行为从根本上损害了韩日关系乃至东北亚地区的安定与合作关系。韩国总统朴槿惠也发表谈话暗批安倍晋三拜鬼。美国驻日本大使馆于安倍拜鬼当天发表声明，称"美国对日本领导人采取的这种加剧与邻国矛盾的行为感到失望"。同日，美国国务院发言人也发表声明表示了"失望"，虽然声明内容与与美国驻日大使馆发表的完全一样，却进一步凸显了美国的态度。美国防长哈格尔原定 27 日与日本防卫相小野寺五典的通话也被延期。日本《每日新闻》12 月 28 日的报道认为，美国对盟国采用"失望"的提法极其罕见，是"很严厉的措辞"。日本媒体甚至承认"日本是东北亚乱局之源"。联合国秘书长的发言人及俄罗斯、欧盟与德国、法国、英国、澳大利亚、新加坡等国家的官方或民间组织及媒体也都发表了批判安倍晋三拜鬼的言论。日本《朝日新闻》12 月 28 日的报道认为，安倍"强行参拜使日本陷入孤立"。

一半儿
三斥日本首相安倍晋三
（2014 年 1 月）

　　刚刚因拜鬼受到国际舆论批判并令美国政府感到"失望"的日本首相安倍晋三"斗志未减"。据《朝日新闻》网站 2014 年 1 月 1 日报道，安倍在新年感言中表示，"恢复'强大日本'的战斗才刚刚开始"，并呼吁应把修改宪法的讨论引向深入。

　　欲学纳粹谋修宪，侵略阴魂今未散，隔代继承老战犯。这厮真个三刀又两面，一半儿反华一半儿将老美也背叛。

　　【一半儿】元代曲作家创建的曲牌，一般由 5 个句子组成，每句都要押韵，最后一句使用"一半儿……一半儿……"之句式，但每句的字数并无严格要求。

　　【欲学纳粹谋修宪】日本《朝日新闻》2014 年 1 月 3 日以"不许动摇法律的支配地位"为题发表社论指出，"去年春天，安倍首相在要求修改宪法时曾表示：'要让宪法回到国民手中。'今天，他所做的事情与他去年所说完全相反，反而更接近麻生太郎副首相所说的像纳粹那样'在谁也不注意的情况下'改变宪法。"该社论还批评安倍晋三"是要通过改变政府解释这样简单的手续，更改最高法律的根本原则。这难道不是破坏'法律的支配地位'么？"（参见《参考消息》2014 年 1 月 4 日报道："安倍欲用纳粹手法修宪遭谴责"）

　　【隔代继承老战犯】指安倍晋三继承了其外祖父岸信介的衣钵。安倍晋三曾多次承认其受外祖父影响最大。欧洲一媒体也在安倍拜鬼后指出，安倍隔代继承了其外祖父岸信介。岸信介（生于1896 年 11 月 13 日，日本山口县人）1920 年开始从政，1935 年升任工务局长，1936 年后历任伪满政府实业部总务司司长、产业部次长、总务厅次长等职，被称为操纵伪满的五大头目之一。1939年调回日本，历任多届内阁的商工省政务次官，1942年10月升任东条英机内阁商工大臣，1943年任东条内阁国务大臣兼军需省次官。日本投降后，被定为甲级战犯关进监狱，1948年获释，1952年解除"整肃"，同年组织"日本再建同盟"，1956年任石桥内阁外务大臣，1957年2月任首相，1960年6月23日下台后仍活跃于政界，1982年1月任自民党最高顾问。

【将老美也背叛】日本的和平宪法是美国在战后主持制定的，"二战"后日本战犯的审判也是在美国的主导下进行的。安倍拜鬼及修改和平宪法，不仅是挑衅"二战"受害国人民，实质上也是对美国的背叛。

別体山坡驴
四斥日本首相安倍晋三
（2014 年 1 月）

因拜鬼受到国际与国内舆论批判的日本首相安倍晋三除了将解决冲绳美军基地搬迁作为"大礼包"送给美国之外，还匆忙派出人员到美国疏通关系。据共同社华盛顿 2014 年 1 月 11 日电：正在美国访问的日美国会议员联盟会长中曾根弘文等三名自民党议员 10 日在华盛顿举行了记者会。中曾根就日本首相安倍晋三参拜靖国神社表示，美国政府官员和联邦议员等"对（安倍）首相的本意有所理解"。双方会谈时，日方递交了安倍参拜靖国神社时发表的"不战的决心"的英文讲话稿。据报道，安倍还将派遣其亲弟弟岸信夫（日本外务省副大臣）、国家安全保障局局长谷内正太郎先后赴美游说。

你呀你，你真是一头既愚蠢又狡猾的犟驴。你言行不一，口是心非，既想脱缰又恐怕过分惹怒老美，一番挣扎后又向老美谄媚。你心怀鬼胎去拜鬼，向你无比崇拜的战犯表心意，内心里只能是决心继承战犯的军国主义。什么"不战"，什么"积极的和平主义"，你的政治表演可真是十足的滑稽。善良的人们都还没有忘记，你曾经扬言修改"村山谈话"，你曾经鼓吹侵略尚无定义，你登坦克着军衣，你公然张扬罪恶的"731"，你谋修宪学纳粹，你鼓吹解禁"集体自卫权"，你增军费扩军备，你无视国内外的强烈反对悍然拜鬼，你公然赞扬侵略战争中的魔鬼神风队，你企图永久霸占中国领土钓鱼岛，你鼓动三寸不烂之舌满世界胡言乱语。你的狼子野心路人皆知，一切善良的人们都不会被你蒙蔽。快收起你的鬼伎俩吧，你这头犟驴！

哎呀呀，你还不赶快悬崖勒驴！再犟，你就一条邪道走到黑；须知，军国主义伏地魔一定会受到全世界人民痛击！

【**别体山坡驴**】《山坡驴》系作者草创的新曲牌，按照传统，曲牌对句数与字数并无严格要求，即除了主体语句之外，允许使用多少不等的"衬字"，但本书前面的两首《山坡驴》仅有十几句、一百多字，而这首《山坡驴》虽然在风格上与前面两首一致，却多达三十多句、近四百字，故称《别体山坡驴》。

长　曲
黄岩岛之歌
（2012 年 4 月）

　　黄岩岛，黄岩岛，你的故事知多少？自古以来，你就是中华的宝岛，一条深深的海沟，一条九段线，将你与菲国分隔。你虽然孤悬南海，但整个地球村都知道，你的母亲是中国！可是，一个不知道天高地厚的小毛贼，竟然不自量力，一再企图将你掠夺，还厚颜无耻地两次给你取了怪怪的洋外号，你都骄傲地鄙视他们，并向全世界庄严宣告：你永远都是堂堂正正的黄岩岛！　　亲爱的黄岩岛，你对华夏母亲的忠诚，我们都知道。小毛贼多次将你骚扰，你都勇敢面对，不屈不挠。我们可以十分自豪地告诉你，包括你在内，南海九段线之内的所有暗沙与岛礁，都是华夏母亲的骨肉，伟大的母亲时刻在照看着你们，一个都不能少。只要时机一到，我们肯定要收回所有被外人侵占的岛礁，一个都不能少，一个都不能少！放心吧，我们英雄的黄岩岛！

　　【黄岩岛】黄岩岛是中国中沙群岛中唯一露出水面的岛礁，距中沙环礁约 160 海里，位于东经 120 度以西（东经 117°51′），北纬 20 度以南、10 度以北（北纬 15°07′），北距广州 600 海里，距离海南岛 550 海里，它是我国渔民祖祖辈辈劳作的海域。黄岩岛四周为距水面 0.5～3 米之间的环形礁盘，礁盘周缘长 55 公里，面积 150 平方公里。黄岩岛北望宝岛台湾和世界最重要海峡之一的巴士海峡，西与我国西沙群岛遥相呼应，南眺我国南海海域，其东面则是幽深的马尼拉海沟，与菲律宾隔沟相望。（参见百度百科 baike. baidu. com，2012 年 5 月 29 日最后访问）

　　【黄岩岛事件】2012 年 4 月 10 日，12 艘中国渔船在中国黄岩岛潟湖内正常作业时，被一艘菲律宾军舰干扰，菲军舰一度企图抓扣被其堵在潟湖内的中国渔民，幸运地被赶来的中国两艘海监船所阻止。随后，中国渔政 310 船赶往事发地黄岩岛海域维权，菲方亦派多艘舰船增援，双方持续对峙。为表达善意，中方两艘渔政船于 4 月 22 日下午撤离黄岩岛附近海域，并表示愿通过友好外交磋商解决黄岩岛事件。实际上，1997 年以前，菲律宾从未对中国政府对黄岩岛行使主权管辖和开发利用提出过任何异议。但最近十多年来，菲律宾在黄岩岛"小动作"不断，隔三岔五挑起事端，觊觎黄岩岛的主权。1998 年 1 ~ 3 月，我国 4 艘渔船相继在黄岩岛海域被菲海军拦截，51 位渔民被菲拘押近半年；1999 年 5 月，1 艘中国渔船在黄岩岛遭菲军舰撞沉。2000 ~ 2011 年，菲律宾军舰在黄岩岛海域追赶、抢劫、抓扣等袭扰事件 10 宗，涉及我渔船 32 艘，渔民 439 人。菲律宾歪称，黄岩岛离其最近，理所当然"归属"菲律宾。从国际法和国际司法实践看，所谓的"地理邻近论"根本没有任何依据。不存在以地域远近确定主权归属的国际法准则，世界上许多国家都有距本土非常遥远而距其他国家更近的领土。例如，英国的海峡群岛完全位于法国海岸附近，最近的不到 12 海里；法国一些岛屿横跨大西洋位于加拿大海岸附近，一些位于太平洋岛国附近。但是，这些岛屿都不曾因为地理远近问题而出现主权争议。如果不顾及历史与现实状况，而按菲律宾的逻辑来主张岛礁主权，那世界地理版图就要改天换地了。（参见百度百科 baike.baidu.com，2012 年 5 月 29 日最后访问）

长　曲

贺三沙市成立

（2012 年 6 月）

　　西沙、中沙、南沙，这三个南海群岛共同成立了我国人口最少的城市——三沙。三沙的岛礁虽然都不大，但却有大片的中国领海由三沙管辖。南海九段线内的岛礁自古以来归中国所有，我们的先民在那里捕鱼和休息，郑和的船队还多次在那片海域视察。菲、越等国对我国南海九段线本无异议，后来却觊觎我南海资源竟然变了卦，纷纷占我岛礁，公然以小欺大。　　是的，我们的大中华，几千年来都是与邻为善，与邻为伴，还作出巨大的牺牲帮助邻国反帝逐霸。可是，我们岂能容忍他国将我领土践踏！是时候了，成立南海地级市三沙。这表明了中华民族捍卫领土领海主权的坚强决心，我们一定要建设好我们的三沙！快快发展吧，三沙！我们支持你，三沙！

　　【三沙市成立】2012 年 6 月 21 日民政部发布公告，宣布国务院近日批准撤销西沙、中沙、南沙群岛办事处，设立地级市三沙市，下辖西沙、中沙、南沙诸群岛及海域。三沙市的市政府所在地是西沙群岛的永兴岛，目的是为了加强对西沙群岛、中沙群岛、南沙群岛岛礁以及南海海洋权益的维护，有效反击最近越南和菲律宾对我国南海主权的侵犯。（参见 wenwen. soso. com，2013 年 4 月 27 日最后访问）

节节高
怒斥菲律宾海警
（2013 年 5 月）

　　2013 年 5 月 9 日上午 10 时，菲律宾公务船上的海警对在南海鹅銮鼻东南 170 海里台、菲重叠海域作业的我国台湾屏东渔船"广大兴 28 号"以机枪横扫，致渔民洪石成（65 岁）当场死亡。

　　菲警强盗，杀我台胞，狗仗人势，机枪乱扫。太凶恶，太残忍，太霸道！远超一般海盗。

第四章 法治篇

七 绝
邓公倡导的法治原则
（2012 年 9 月）

　　中国改革开放的总设计师、新中国成立后中国共产党的第二代领导核心邓小平同志，于 1978 年 12 月 13 日在中央工作会议闭幕会上的讲话中指出："为了保障人民民主，必须加强法制，必须使民主制度化、法律化，使这种制度和法律不因领导人的改变而改变，不因领导人的看法和注意力的改变而改变。"他还指出："要做到有法可依，有法必依，执法必严，违法必究。"

　　　　　　有法可依诚可贵，
　　　　　　有法必依价更高。
　　　　　　执法必严法之魂，
　　　　　　违法必究国之宝。

有法可依诚可贵有法必依价更高
执法必严法之魂违法必究国之宝

铭马总理先生邓公倡导的法治原则　癸巳夏许趋书

《七绝·邓公倡导的法治原则》

长 曲

颂依法治国方略

（1997 年 10 月）

1997 年 9 月 12 日，时任中共中央总书记的江泽民在中国共产党第十五次全国代表大会上的报告中提出依法治国的基本方略和建设社会主义法治国家的伟大目标。这是中国共产党人对邓小平法制思想的重大发展，是中国民主法制建设史上的里程碑，是建设社会主义市场经济体制、实现中华民族伟大复兴的重大战略措施。抚今追昔，愈加感到依法治国方略值得国人讴歌。遂不揣浅陋，颂歌一曲，为依法治国的伟大系统工程加油助威。

人治数千年，论兴衰、中华民族，几多感叹。秦皇武略，平定四海；诸葛文韬，辅佐玄德治理三分江山。清帝入主中原，江河日下，向列强割地赔款。一代伟人，毛刘周朱，领导党和人民推翻三座大山。谁料想，一场"文革"，十年动乱，国家百孔千疮，百姓遭受苦难。痛定思痛，总设计师邓小平提出加强法制，不以领导人及其看法和注意力的改变而改变。 党的十五大，高举邓小平理论伟大旗帜，提出依法治国基本方略，把法制建设推向新的阶段。忆古思今，坚定不移，依法治国，依法治省，依法治市，依法治县；依法管理各项事业，依法开展各项工作，使市场经济——法制经济体制不断完善。尤为重要，认清法治乃国家民族前途利益之所在，切实加强法制观念。以知法守法为荣，以违法为耻，努力摆脱重人治、轻法治的传统观念。

浣溪沙
法律需要公信力
（2012 年 10 月）

　　法律规范是人们行为的"底线"，是必须遵守的，不守法就应当依法予以处罚；道德规范较之法律规范则要高得多，只能提倡人们去遵守它，不遵守道德规范只能受到舆论的谴责（其中情节严重者或许可以受到党纪、政纪的处罚）。然而，如果存在大量有法不依、执法不严、违法不究的状况，法律则必然缺乏公信力，人们就会不信法律而信"人言"，不信法而信"访"，不信明规则而信潜规则。其结果，不仅法律难以得到很好的遵守，道德"滑坡"的情况也难以避免。

　　有法可依诚可贵，法律尚需公信力，徒法无信助潜规。
有法必依法有信，执法必严法有威，违法必究法有力。

长　曲

让人民在每个案件中都能感受到公平正义

（2013 年 1 月）

在 2013 年召开的全国政法工作电视电话会议上，中共中央总书记习近平要求，全国政法机关要顺应人民群众对公共安全、司法公正、权益保障的新期待，全力推进平安中国、法治中国、过硬队伍建设，深化司法体制、机制改革，坚持从严治警，坚决反对执法不公、司法腐败，进一步提高执法能力，进一步增强人民群众安全感和满意度，进一步提高政法工作亲和力和公信力，努力让人民群众在每一个司法案件中都能感受到公平正义，保证中国特色社会主义事业在和谐稳定的社会环境中顺利推进。

让每一起案件，都能体现正义、公平，这是习总书记发出的时代新声。政法干警朋友们，我们要实现总书记的要求，就必须做到：不受人言干扰，不受利益驱动；不为假象所惑，不徇个人私情。以无畏精神，坚持事实为根据；以铮铮铁骨，坚持法律为准绳。须知，党领导人民制定的法律，是人民的意志，是党的意志，是国家的意志；维护法律的尊严，就是对党、对人民、对国家的忠诚；坚持实事求是，就是最根本的党性。每一个共产党员，无论职务高低，谁违反法律，都是对党、对国家、对人民的不忠；谁干扰法律的执行，谁就严重背离了共产党员的党性。当然，我们的干警还要切实提高综合素质，既要具有强烈的责任心，又要善于全面地、辩证地分析案情。只有这样，才能做到依法据实，不枉不纵，将每一起案件都办成经得起历史检验的铁案，让每一起案件的办理都能让人民感受到正义、公平！

长 曲

错案为什么能一错到底

（2005 年 11 月）

一段时间以来，媒体先后报道了佘祥林"杀妻"等冤错案件，引起了社会各界的广泛关注。为探求冤假错案的预防之道，笔者指导学生马晓云撰写了学位论文《论刑事错案的原因和预防》。为什么有些错案历经公检法三道程序，又有律师辩护，竟然能够一错到底？老夫试做如下概括。

从公安侦查，到检察起诉，再到法院审理，甚至还"协调"到政法委，为什么，有些错案能够一错再错，一错到底？原因可能很多，择其要者试做如下分析：

一是公安机关承受着"命案必破"的过大压力。重压之下，侦查人员放大了嫌疑人的疑点，只顾收集有罪证据。为了尽快破案，他们往往在逼取口供上下大力气。佘祥林就是在刑讯逼供之下，被迫交代了莫须有的"杀妻"问题。

二是检察、法院面临着从重、从快打击严重犯罪的压力，不敢深究办案中的问题，即便发现问题也不敢担当责任，以致最后将矛盾上交到政法委。

三是政法委本应该支持公检法以法律为准绳、以事实为根据，怎奈不敢承受"命案"久破未果的压力。"协调"的结果，往往是将"命案"的死刑改为"无期"或者"有期"。

四是漠视辩护意见，逆耳之言一概听不进去。

五是有关人员的综合素质较低，试想，公检法只要有一家特别认真负责，错案又何至于一错到底！

六是公检法互相配合、互相制约的关系被扭曲，互相配合变成了互相迁就，互相制约变成了真唱的假戏。

七是宁左勿右、宁枉勿纵的观念根深蒂固，严重影响了人们的思想和行为。

警惕呀警惕！人民的政法干警都是人民的公仆，一定要对人民尽心尽力。一定要执法如山，敢于主持正义。对于高层领导来说，在工作指导上千万不要脱离实际。人的认识水平是有限的，无论古今中外，任何案件都不可能有百分之百的破案率。所谓"命案必破"，不符合人类的认识规律。

最重要的是公检法既要互相配合，互不掣肘，又要勇于制约，积极发现和纠正办案中的问题。特别是检察机关，身负法律监督的重任，如果不敢制约、回避监督，就是对法律的消极。须知，法律是人民的意志，是党和国家的意志，执法不严、有法不依，就是对人民、对党、对国家的背离。

长　曲
尊敬的领导，你错了
（2011 年 9 月）

最近获悉，中国政法大学一位著名的老教授在南方某省代理的一起涉黑案件因存在严重的刑讯逼供问题，在该省高级人民法院二审期间进入非法证据排除程序。然而，由于某位省级领导人的不当干预，非法证据排除程序竟然被叫停。

尊敬的领导，我的逆耳忠言，盼你能够耐心一听：省高级法院的"排非"程序，你不应该叫停。难道你不知道，人民法院独立行使审判权，乃是宪法的明确规定。更何况，我们的党章也已明确写明：党员和党的组织都必须在宪法和法律的范围内活动。你错了，尊敬的领导，你没有权力对"排非"程序叫停。你的叫停是滥用职权，是违纪违法的错误行动。你错了，你错了！无论你出于什么动机，你以言代法，以权压法，你的错误都非常严重。奉劝你，赶快惊醒！对待任何案件，都必须以事实为根据，以法律为准绳。一定要牢记总设计师的教导："执法必严，违法必究"，任何人都不许可在宪法和法律的范围之外活动。

歌　词
纠错为什么这样难
（2013 年 2 月）

2013 年 2 月 8 日（农历腊月二十八）上午，我作为小 M 的亲友和二审期间的辩护人，陪同上诉人小 M 到某市中级人民法院，经过简短的宣判程序，终于拿到了期待已久的终审判决书。判决书撤销了一审有罪判决，驳回了某区检察院的抗诉，宣告小 M 无罪。从涉案被刑事拘留到拿到无罪判决，历时四年之久。在这涉案的四年里，小 M 的家庭发生了极大的变故：母亲和岳母先后在郁闷中病亡。拿到无罪判决书，小 M 做的第一件事就是找到一家打字店复印判决书，然后在妻子的陪同下到母亲的坟前，将判决书复印件焚烧送给九泉之下最最关爱他的母亲。小 M 知道，他算是幸运的，因为有些冤假错案的当事人，例如湖北的佘祥林关押了十多年才被无罪释放。不知怎么回事，想到这些，笔者的心里突然出现了电影《冰山上的来客》插曲"花儿为什么这样红"的旋律，歌词却是如下几句：

纠错为什么这样难，为什么这样难？唉——难得好像、难得好像上青天，它象征着艰难和路漫漫。　　纠错为什么这样慢，为什么这样慢？唉——慢得好像、慢得好像上高山，它象征着流泪又流汗。

七　绝

法官礼赞

（2012 年 4 月）

　　法官是实现公平正义的最后一道防线。仅以此诗，献给那些秉公办案、执法如山、维护公平正义的优秀法官们。

座座高山耸入云，
人民法官为人民。
已是铁肩担道义，
更有金心铸法魂。

　　【**更有金心铸法魂**】指用金子一般的心铸造法律之魂——严格维护公平正义、执法如山、忠于法律、忠于事实真相的精神。

座座高山耸入云 人民法官为人民

已是铁肩担道义 更有金心铸法魂

铢马奎生先生法官礼赞 癸巳年许超书

《七绝·法官礼赞》

惩治犯罪三字经

（2012 年 12 月）

　　本人曾在政法机关工作多年，从事法学教育工作与法学研究工作后亦与实务部门多有联系，曾就如何更好地惩治犯罪，以获取最佳的法律效果与社会效果与实务部门若干同志做过交流，达成共识如下。

　　与犯罪，作斗争，公检法，任务重。打与防，相结合，综合治，靠群众。以事实，为根据，以法律，为准绳。宽与严，两相济，既不枉，又不纵。相配合，不掣肘，相制约，不徇情。领导者，非万能，勿独断，不专行。纳异见，善兼听，防错案，下真功。重人权，禁逼供，辩护权，要保证。勤调查，下基层，察民意，知民情，民为重，我为轻。做公仆，心放平，反腐败，倡廉政。司法权，独立行，党领导，作保证。抓队伍，不放松，公信强，形象清，战斗力，有保证，难必克，战能胜。

第五章 反腐倡廉篇

四 言
赞"老虎苍蝇一起打"
（2013 年 1 月）

转型时期，环境欠好，"苍蝇"很多，"老虎"不少。"老虎"之害，众所知晓；"苍蝇"虽小，亦莫小瞧。群蝇乱舞，民众心焦；"苍蝇"畸变，可成"虎豹"；祸国殃民，怨声载道。习总书记，发出号召："老虎"、"苍蝇"，一起打掉。顺乎民心，百姓叫好。邓公小平，当年强调，两手都硬，治国之道。习总上任，立即强调，有腐必反，绝不动摇；有贪必肃，绝不放掉。约束权力，制度为靠；张扬法治，治国之要。官廉风清，人和政通，良性发展，中华必兴。

【老虎苍蝇一起打】据新华网北京 2013 年 1 月 22 日电（记者徐京跃、周英峰）：中共中央总书记、中共中央军委主席习近平 22 日在中国共产党第十八届中央纪律检查委员会第二次全体会议上发表重要讲话。他强调，全党同志要按照党的十八大的部署，坚持以邓小平理论、"三个代表"重要思想、科学发展观为指导，坚持标本兼治、综合治理、惩防并举、注重预防方针，更加科学有效地防治腐败，坚定不移把党风廉政建设和反腐败斗争引向深入。要坚持"老虎"、"苍蝇"一起打，既坚决查处领导干部违纪违法案件，又切实解决发生在群众身边的不正之风和腐败问题。要坚持党纪国法面前没有例外，不管涉及谁，都要一查到底，决不姑息。

【两手都硬】从 1992 年 1 月 18 日至 2 月 21 日，中国改革开放和现代化建设的总设计师邓小平同志先后到武昌、深圳、珠海、上海等地视察，发表了重要谈话。这次行程后来被浓墨重彩地记入历史，而这些谈话则被称之为南方谈话。邓小平指出："要坚持两手抓，一手抓改革开放，一手抓打击各种犯罪活动。这两只手都要硬。打击各种犯罪活动，扫除各种丑恶现象，手软不得。"（参见千龙网 www. qianlong. com，2013 年 1 月 21 日最后访问）

七绝
斥贪官污吏
(2012 年 10 月)

据媒体报道，有的身居要职的高官居然大量受贿，生活腐化，弄权渎职，严重败坏了高级干部的形象，辜负了党和人民的期望。他们必然受到党纪国法的严肃惩处。

升官发财弄邪风，
机关算尽转头空。
但使党纪国法在，
尔等休做黄粱梦。

【黄粱梦】比喻虚幻不实的事和欲望的破灭犹如一梦。出自唐代沈既济《枕中记》所述："卢生在梦中享尽富贵荣华，及醒，主人蒸黄粱尚未熟。"参见《中国成语大辞典》，上海辞书出版社1987 年出版，第 538~539 页。

升官发财弃邪风
机关算尽转头空
但使党纪国法在
尔等休做黄粱梦

钱马先生斥贪官污吏　癸巳年许尧书

《七绝·斥贪官污吏》

七律
叹精英犯罪
（2009 年 7 月）

指导学生刘小军完成了论精英犯罪的学位论文。目睹曾经在事业上一度表现相当出色的某些精英人物成为人民的罪人，不少老干部都是扼腕叹息。

曾经宦海搏风云，
立业建功前程顺。
一片春风增醉意，
半边天使弃芳心。
情滥无束傍红颜，
物欲有胀收黑金。
自陷深渊浑不觉，
醒时镣铐已加身。

【**一片春风增醉意**】喻指事业的成功和仕途的顺利使一些精英人物陶醉甚至头脑发昏。

【**半边天使弃芳心**】喻指精英人物由好变坏，因为"人的一半是天使，另一半是魔鬼。只是上帝那只翻云覆雨的手不知何时让你成魔成仙，或仅是平淡无味的人。"（参见《法治文萃报》2005 年 2 月 17 日第 16 版转载《辽宁法制报》文章：《情恨难消：九十二刀取了三人性命》，郑澄江文）芳心，指善良、美好的心。所以，精英犯罪就是"半边天使弃芳心"。其实，恩格斯也曾经说过："人来源于动物界这一事实已经决定人永远不能完全摆脱兽性，所以问题永远只能在摆脱得多些或少些，才是兽性和人性上的差异"。（转引自《检察日报》2007 年 5 月 31 日第 5 版文章：《是爱心天使还是亡命杀手》，作者徐霞）

【**情滥无束傍红颜**】喻指不能约束自己的感情因而迷恋于婚外情。

【**物欲有胀收黑金**】喻指任凭物欲膨胀，收受贿赂。

虞美人
斥潜规则
（2010 年 10 月）

指导学生陈红艳硕士撰写了关于潜规则助长腐败的论文，总体感觉写得还不错。这个问题是需要通过大力推进依法治国、努力提高法律法规的公信力才能逐步解决的问题。

潜规潜则何时了，涉潜知多少？可叹到处刮潜风，明规明则时常入冷宫。　　彰法反腐图国强，潜风不可长。问君忧虑有几多？潜风助长腐败会误国。

【潜规则】指隐藏于社会正式规则之下，背离社会正义观念或正式制度，以获取最大私利为终极目的并能够在社会大行其道的一种行为约束。

【明规则】所谓明规则就是规则，规则可以是法律法令的体现，也可以是规章制度的体现，它是被规定出来供大家共同遵守的制度与章程，因而规则是现代社会正常运转必须具备的基本条件。

节节高
赞人民公仆
（2008 年 8 月）

人民公仆，为民服务，急民所急，不辞劳苦。焦裕禄，任长霞，杨善洲，历史将你记住。

又

中华复兴，伟大工程，需要公仆，需要精英，做奋斗，做奉献，做牺牲，为国兴业建功。

【焦裕禄】（1922～1964 年）他是县委书记的好榜样，干部的楷模。1946 年加入中国共产党，1962 年被调到河南省兰考县担任县委书记。时值该县遭受严重的内涝、风沙、盐碱三害，他坚持实事求是、群众路线的领导工作方法，同全县干部和群众一起与深重的自然灾害进行顽强斗争，努力改变兰考面貌。他身患肝癌，却依旧忍着剧痛，坚持工作，被誉为"党的好干部"、"人民的好公仆"。他用自己的实际行动，铸就了亲民爱民、艰苦奋斗、科学求实、迎难而上、无私奉献的焦裕禄精神。

【任长霞】（1964～2004 年）女，中共党员，原在郑州市公安局工作，2001 年调任登封市公安局局长，为河南省公安系统有史以来的第一位女公安局长。她始终把人民群众的疾苦和安危放在心上，解决了十多年来的控申积案，共查结控申案件 230 多起。带领全局民警共破获各种刑事案件 2 870 多起，抓获犯罪嫌疑人 3 200 余人，有力地维护了登封社会治安和稳定的政治大局。2004 年 4 月 14 日晚 8 时 40 分，在侦破"1.30"案件中途经郑少高速公路发生车祸，因受重伤经抢救无效不幸因公殉职，年仅 40 岁。2004 年 6 月，被公安部追授为全国公安系统一级英雄模范称号。

【杨善洲】（1927～2010 年），男，汉族，云南施甸人，2011年全国道德模范候选人，2011 年感动中国人物获奖者。1951 年 5月参加工作，1952 年 11 月入党，原任保山地委书记，1988 年退休，2010 年 10 月 10 日因病逝世。杨善洲同志从事革命工作近四十年，曾担任保山地委领导，两袖清风，清廉履职，忘我工作，一心为民，为了兑现自己当初"为当地群众做一点实事不要任何报酬"的承诺，退休后，主动放弃进省城安享晚年的机会，扎根大亮山，义务植树造林，一干就是 22 年，建成面积 5.6 万亩，价值3 亿元的林场，且将林场无偿上缴给国家。

虞美人
读《人情"烧钱"何其多》
（2013 年 2 月）

　　《文摘报》2013 年 2 月 7 日以《人情"烧钱"何其多》为题摘发《人民日报》的报道称：26 岁的小李大学毕业后回乡创业办厂，经 3 年打拼，小厂年产值达二百多万元，除去各项成本和银行贷款利息，一年可赚 10 万元，但小李向工商、税务等部门的领导送礼及其他人情花费却至少花去一半，因为"这些部门惹不起，联络联络感情是必需的。"为了民族的复兴，必须大力发展民营企业，因而必须改变这种颠倒主仆关系、妨害民营企业发展的"潜规则"。

　　送礼送物何时了，花费知多少？某君一年赚十万，送礼请客花费占一半。　　公务人员系公仆，为民应服务。问君能有几多愁，公仆变成老爷揩民油。

五　言
赞"光盘行动"
（2012 年 12 月）

国人多好客，会友颇殷勤。
宴席菜肴丰，剩多无人问。
皆知盘中餐，粒粒含苦辛。
为富应不奢，常思助灾民。
光盘行动好，风气最要紧。

【光盘行动】在十八届中纪委二次全会上，习近平总书记告诫全党："要坚持勤俭办一切事业，坚决反对讲排场比阔气，坚决抵制享乐主义和奢靡之风。要大力弘扬中华民族勤俭节约的优秀传统，大力宣传节约光荣、浪费可耻的思想观念，努力使厉行节约、反对浪费在全社会蔚然成风。"此后，媒体对"舌尖上的浪费"进行了大量报道，许多企事业单位和大中学校倡议开展"光盘行动"，就是将盘中餐吃光、喝净、带走。

【皆知盘中餐句】出自唐代李绅《悯农》："锄禾日当午，汗滴禾下土，谁知盘中餐，粒粒皆辛苦。"

第六章 奥运暨体育篇

相见欢
胡主席会见八十余国政要
(2008 年 8 月)

　　鲜花旗展晴空，八月风。八十余国政要，聚北京。　　大会堂，人气旺，会高朋。胡总发表讲话，尽掌声。

　　【八十余国政要】在北京奥运开幕之前，胡锦涛主席于 2008 年 8 月 8 日中午在人民大会堂会见了前来参加奥运的八十余国政要，包括美国总统布什、俄罗斯总理普京等。媒体在报道中特别指出，这是美国总统有史以来首次出席在境外的奥运开幕式，而且还是全家三代同来。布什的父亲、84 岁的前总统老布什由布什的妹妹多罗陪同已经在小布什之前抵达北京。新加坡《联合早报》指出，八十多名国家首脑在中国的首都聚集，仿佛在开一场中型的联合国会议。在考验北京首都国际机场贵宾接待能力的同时，这也反映了当前中国在国际政治上的地位和影响力。

踏莎行

赞北京奥运开幕式

（2008 年 8 月 9 日）

无与伦比，大气磅礴，奥运开幕真奇绝。传统文化现代版，精彩纷呈无法说。　曾几何时，若干媒体，说三道四抹黑我。奥运开幕惊天下，乌鸦闭嘴休乱聒。

【北京奥运开幕式】据人民网北京 2008 年 8 月 11 日电：历时 7 年的准备，2008 年北京奥运会终于开幕了。世界各国的主流媒体近日纷纷给出了自己的评价，为北京奥运开幕式打分。情理之中却又有点让国人"出乎意料"的是外媒们在评价本届奥运开幕式的时候，态度出奇的一致。西班牙各大报纸 8 月 9 日都在头版等重要版面报道北京奥运会开幕表演精彩夺目，吸引世界的目光。《先锋报》当天用 10 个版的篇幅报道了北京奥运会开幕盛况，并在头版刊登了标题为《北京探天，中国用悠久历史感动世界》的报道，认为北京奥运会开幕式的表演充满厚重的历史，是"中国振兴的节日"。第二十九届奥运会开幕式恢弘的场面和磅礴的气势深深打动了国外观众，人们纷纷以各种形式表达他们的感动与震撼。美国马萨诸塞州共和党前执行主席哈金说："这场表演太精彩了，是整个中华民族历史的高度浓缩。中国文化再一次成功地向世界展示了其魅力。"《华盛顿邮报》报道说，历时 7 年的准备，2008 年北京奥运会开幕了。中国人要通过这场运动会庆祝他们 5000 年的历史，展示他们恢复大国地位的喜悦。可以说，他们在 9.1 万现场观众以及世界上超过 40 亿电视观众面前，用一场设计连贯、夸张浪漫的舞蹈表演，恢宏壮丽的焰火达到了这个目标。美国 CNN 报道说：北京奥运会华丽、壮观的焰火以及运动员参与的规模前所未见，一个亚洲国家开启了最大规模、组织最为细致的奥运盛会。情绪是高涨的，开幕式不仅开启了夏季奥运会，更是一个国家寻找世界位置的象征性表达。这是一个拥有 13 亿人口的国家最好的展示。

摊破渔歌子
易思玲伦敦奥运夺首金
（2012 年 7 月）

2012 年，伦敦时间 7 月 28 日上午，在伦敦奥运会 10 米气步枪决赛中，中国选手、湖南省郴州市桂阳县姑娘易思玲逆转波兰选手波加卡，以 502.9 环的总成绩夺得首枚奥运会金牌，特填词以贺之。

莽山绿，湘水清，三湘山水育精英。奥运会，夺首金，借重湘女易思玲。　　戴秉国，携刘鹏，面贺首金分量重。得首金，开门红，中国军团一路赢。

【摊破渔歌子】"渔歌子"系古代词牌，而作者填写的渔歌子分别在上阕和下阕的最后一句各增加了一个字，是谓"摊破渔歌子"。

【莽山】莽山位于湖南省郴州市境内，南岭山脉北麓，总面积 2 万公顷，东、西、南与广东省乳源、连州、阳山相邻，是著名的国家森林公园。莽山地形复杂，山峰尖削，沟壑纵横，境内 1 000 米以上的山峰就有一百五十多座，最高峰猛坑石海拔 1 902 米，称"天南第一峰"。蜿蜒山间的长乐河是珠江的发源地之一。莽山气候温和，雨量充沛，资源丰富，风景壮丽，是湘粤边界上的绿色明珠，是生态旅游、避暑、休闲度假的胜地。莽山是富丽完好的森林博物馆。莽山以林海莽莽、蟒蛇出没而得名，至今仍保存有 6 000 公顷的原始森林，是湖南省面积最大的森林公园，这里是南北植物的汇集地，亚热带和少数热带、寒带的森林植物在这里杂居共荣。据调查统计，公园有维管束植物 219 科、929 属、2 659 种，占湖南科数的 88.3%，属数的 74.1%。森林公园拥有国家重点野生植物 21 种，其中一级有南方红豆杉等 4 种，二级有香果树、华南五针松等 17 种。

【**湘水**】指湘江，为长江的主要支流之一，是湖南省境内最大的河流，被喻之为湖南的"母亲河"。湘江干流全长 856 千米，流域面积 9.46 万平方千米，沿途接纳大小支流 1 300 多条。

【**戴秉国**】时任中国国务委员。

【**刘鹏**】时任中国国家体育局局长。

《摊破渔歌子·易思玲伦敦奥运夺首金》

虞美人
贺中国女排重夺世界杯
（2003 年 11 月）

2003 年 11 月 11 日下午，我国首位航天员杨利伟飞天成功之后整整一个月，中国女排在日本战胜了最后一个对手——东道主日本女排，取得 11 战连胜的光辉战绩，重新夺回丢失 17 年之久的世界杯。

国人刚圆飞天梦，女排再建功。富士山下又东风，今日国花得似旧时红。　十年卧薪尝胆苦，新苗又成树。豪气何须看吴钩，女儿鏖战球场不言愁。

【今日国花得似旧时红】喻指现在的中国女排又像当年"五连冠"的老女排那样风光依旧。宋代陈为义曾作《虞美人》，词云："十年花底承朝露，看到江南树。洛阳城里又东风，未必桃花得似旧时红。"

【十年卧薪尝胆苦】喻指中国女排在丢失世界杯后的 17 年来，一直刻苦训练、顽强拼搏。据《史记·越王勾践世家》载，春秋时，越国被吴国打败，越王勾践回国后坐卧于薪草之上，"苦身焦思，置胆于坐，坐卧即仰胆，饮食亦尝胆也"。后人以卧薪尝胆形容刻苦自励。

【吴钩】古代兵器，形似剑而曲。相传吴王阖闾命国中做金钩，有人以特别的方法铸成二钩献给吴王。后来泛称利剑为吴钩。南宋爱国将领辛弃疾的词作中多次使用看"吴钩"、"看剑"等字句。如辛弃疾的《水龙吟·楚天千里清秋》写道："落日楼头，断鸿声里，江南游子。把吴钩看了，栏杆拍遍，无人会，登临意。"辛弃疾的《破阵子·醉里挑灯看剑》写道："醉里挑灯看剑，梦回吹角连营。八百里分麾下炙，五十弦翻塞外声。沙场秋点兵。"辛弃疾的《满江红·倦客新丰》写道："倦客新丰，貂裘敝，征尘满目。弹短铗，青蛇三尺，浩歌谁续？"这里的"短铗"和"青蛇"也都是宝剑的代称。辛弃疾忧国忧民、力主收复失地的炽烈的报国之心，通过看"吴钩""看剑"和"弹短铗"等词语跃然纸上。

《虞美人·贺中国女排重夺世界杯》

第七章　悼念篇

长　曲
悼念邓小平同志
（1997 年 2 月）

　　1997 年 2 月 20 日晨，惊闻全国人民敬爱的领袖、我国改革开放和现代化经济建设的总设计师邓小平同志不幸逝世，悲痛难已。小平同志暮年复出，却"做事不做官"，领导全国人民在十年"文革"造成国家百孔千疮、国民经济几近崩溃的基础上，成就了一番惊天动地的改革大业，振了国威，振了军威，显著地提高了人民的生活水平，国家初步实现了繁荣昌盛。小平同志的盖世奇功，实为新中国建国后之第一。香港回归在即，小平同志竟未能实现到香港"自己的土地上"去看一看的愿望，走了，永远地走了。沉痛之余，悲歌一曲，以寄哀思。

　　天地同悲，山河共泣，痛悼总设计师不幸离去。忆往昔，人民之子，少年立志，同国家和人民深情依依。率大军南征北战，赫赫战功，乃新中国缔造者之一。和平建设时期，长期任中共中央总书记，安邦治国，卓著劳绩。"文革"受迫害，两次被打倒，无怨无悔，深入思考治国问题。暮年复出，反左防右，恢复实事求是思想路线，坚持实践为标准检验真理。不计个人恩怨，正确评价毛泽东主席。创建有中国特色社会主义理论，制定改革开放大计，促百废俱兴，富百姓，增国力，扬军威。强调民主法制建设，首倡社会主义市场经济，力主两个文明同抓共举。尊重知识、尊重人才，兴文教、重科技、辟特区。提出"一国两制"构想，圆满解决港澳回归问题。毕生丰功伟业，难以尽述，十二亿人民有口皆碑。举世公认，世纪伟人，邓公英名将与日月同辉。悼念小平，继承遗志，齐心协力，誓将有中国特色的社会主义大业进行到底！

声声慢
悼念汶川大地震死难同胞
（2008 年 5 月）

为表达全国各族人民对四川汶川大地震遇难同胞的深切哀悼，国务院决定：2008 年 5 月 19 日至 21 日为全国哀悼日。在此期间，全国和各驻外机构下半旗志哀，停止公共娱乐活动，外交部和我国驻外使领馆设立吊唁簿。5 月 19 日 14 时 28 分起，汽车、火车、舰船鸣笛，防空警报鸣响，全国人民默哀 3 分钟。此时，我与老伴站在电视机前，与全国人民一起默哀。默哀毕，看着电视机一个个画面，特别是天安门广场上数万民众高呼"中国加油！"时，我和老伴不禁热泪盈眶。

山河呜咽，举国同悲，缓缓降下半旗。悼念死难同胞，悲痛难已。数万兄弟姐妹，怎么就、这样离去？恨苍天，怨大地，对我同胞不义。　首都天安门前，数万人，迟迟不肯离去。中国加油！呼声感天动地。危难见真情，多少人、捐款出力。同胞们！大家真的了不起！

木兰花
悼念舟曲遇难同胞
（2010 年 8 月 15 日）

2010 年 8 月 7 日夜，甘肃省舟曲县发生特大山洪泥石流，一千二百多位同胞遇难。党和国家迅速启动救援机制，受灾同胞迅速得到了卓有成效的救助。2010 年 8 月 15 日，灾难发生的第 7 天，全国军民为舟曲遇难同胞举行举国哀悼活动。

八月七日天色晚，风声雨声近夜半，舟曲遭遇泥石流，千多同胞同遇难。　人间自古多灾变，兴邦强国何惧难。遇难同胞请安息，中华复兴定实现。

八日七日天色晚 風聲雨聲近夜

半舟曲遭遇泥石流 千多同胞同遇

難人間自古多笑變 興邦強國何懼

難遇難同胞請安息 中華復

興定實現

为长生词 木蘭花悼念舟曲遇難同
胞攀立癸巳辛立夏焦宇書

《木兰花·悼念舟曲遇难同胞》

千秋岁
悼念任长霞同志
（2004 年 6 月）

据《人民日报》6 月 3 日报道：2004 年 4 月 14 日，全国"五一"劳动奖章获得者、中国十大女杰、全国三八红旗手、全国青年岗位能手、全国优秀人民警察、河南省登封市公安局长、党委书记任长霞，为侦破"1·30"杀人案件，连夜从郑州返回登封途中突遇车祸，不幸殉职。噩耗在登封传开，"黑幛白花漫嵩山，城巷尽闻号啕声"。4 月 17 日，自发为任长霞送行的登封百姓达 14 万之多。其哀其痛，其悲其壮，撼天动地，为千年古城前所未有。

颍水低廻，嵩山咽无语。人如潮，泪如雨。无愧民之仆，尽瘁死后已。任长霞，十万百姓送你去。 忆昔从警后，与民同呼吸。而如今，君何在？在登封大地，在百姓心里。任长霞，长霞碧空江山美。

《千秋岁·悼念任长霞同志》

长 曲

悼念罗阳同志

(2012 年 12 月)

2012 年 11 月 25 日，中航工业沈阳飞机工业（集团）有限公司（以下简称中航工业沈飞）原董事长、总经理罗阳，随中国首艘航母"辽宁舰"参与舰载机起降训练，在执行任务时突发急性心肌梗死、心源性猝死，不幸殉职。中央总书记、中央军委主席习近平于 11 月 26 日作出重要指示，要求广大党员干部学习罗阳同志优秀品质和可贵精神。11 月 29 日，战友们为罗阳举行追悼会。

海风萧萧，汽笛长鸣，英雄罗阳，我们为你送行！罗阳啊罗阳，你是中国知识分子的楷模，你是炎黄子孙的精英。你很清楚，为了国家和人民的安宁，为了保卫世界和平，我们需要一支强大的海军，因此，我们不能没有航母，而航母不能没有自己的舰载神鹰。为此，你不知疲倦，长期加班加点，你和战友们一起，终于圆满地完成了任务，为中华民族立下了大功！你们研制的舰载飞机，可以和世界上最先进的舰载机媲美，我们的辽宁号航母，刚刚海试不久就有了自己的神鹰。你和你的战友，以自己的实际行动，在圆着中华民族的强国之梦。

罗阳，我们痛惜你走得太早，你毕竟只有五十一岁，你还有很多工作有待完成。但是，你不太长的生命已经创造了不朽的辉煌，炎黄子孙将永远铭记你对国家的忠诚！

你太累了，罗阳，安息吧，你的战友们一定会继承你的遗志，继续为中华民族创业立功！安息吧，罗阳！所有中华民族的优秀子孙，都会继承你的遗志，共圆强国梦！待到中华民族伟大复兴之日，同胞们一定会再次祭奠你的英灵！

【罗阳】（1961～2012 年）男，中共党员。研究员级高级工程师。生前任中航工业沈飞董事长、总经理。2002 年 7 月由中航工业沈阳飞机设计研究所调入沈阳飞机工业（集团）有限公司工作。曾历任沈阳飞机设计研究所设计员，组织部副部长、部长，所党委副书记、副所长，所党委书记兼第一副所长，中航工业沈飞党委书记、副董事长等职，任歼 - 15 飞机等多个型号研制现场总指挥。罗阳 1982 年毕业于北京航天航空大学高空设计专业。他所在的沈飞集团是中国重要的歼击机研制生产基地。在他担任中航工业沈飞董事长、总经理的 5 年，是沈飞新型号飞机任务最多、最重的 5 年。他采取多种措施推动研制进度，创造了新机研制提前 18 天总装下线，从设计发图到成功首飞仅用 10 个半月的奇迹。2012 年 1 月，罗阳担任中国第一艘航空母舰舰载机歼 - 15 研制现场总指挥。没有经验，也没有现成的关键技术可以借鉴，航空制造大国对技术的封锁，留给航空人的只有自主创新一条路可走。在航母上，罗阳坚持亲力亲为，与科研人员一起整理试验数据，观看每次起降过程，记录和分析飞机状态，出现身体不适，也没有中途下舰，甚至都没有去找医护人员检查，直至人生最后一刻。罗阳被推选为2012 年感动中国人物。他的颁奖词是："如果你没有离开，依然会，带吴钩，巡万里关山。多希望你只是小憩，醉一下再挑灯看剑，梦一回再吹角连营。你听到了么？那战机的呼啸，没有悲伤，是为你而奏响！"

七　绝
悼念马克昌教授
（2011 年 6 月）

治学六秩德艺馨，
鸿篇巨著释迷津。
珞珈巨星今陨落，
北高南马少一人。

【马克昌】（1926～2011 年），著名法学教授、博士生导师，河南西华县红花集镇人，法学名家。1950 年毕业于武汉大学法律系，后入中国人民大学法律系研究生班，师从前苏联刑法学家贝斯特洛娃教授专门从事刑法学研究。1952 年返回武汉大学任教。参加过1997 年《中华人民共和国刑法》的修订工作。生前任武汉大学法学院终身教授、博士生导师，兼任中国法学会刑法学研究会名誉会长、中国法学会董必武法学思想研究会副会长、最高人民法院特邀咨询员。2011 年 6 月 22 日在武汉去世，享年 85 岁。

【北高南马少一人】马克昌教授与中国人民大学的高铭暄教授均为我国刑法学界的泰斗，合称为我国刑法学界的"北高南马"。

【鸿篇巨著】马克昌教授主要著作有《比较刑法原理——外国刑法学总论》（独著，获 2003 年第六届国家图书奖）、《刑法学》（副主编，获首届普通高校优秀教材全国一等奖、司法部优秀教材一等奖）、《中国刑法学》（副主编，获第二届普通高等学校优秀教材全国特等奖）、《论共同犯罪》（与人合著）、《刑事法学大辞书》（主编之一，获全国高校人文社会科学研究优秀成果著作二等奖）、《犯罪通论》（主编，获全国高等学校人文社会科学研究优秀成果著作一等奖、第二届全国高校出版社优秀学术著作优秀奖）、《刑罚通论》（主编，获第二届全国高等学校人文社会科学成果著作类法学二等奖）、《中国刑事政策学》（主编，获湖北省首届社会科学优秀成果省级著作二等奖）、《刑法学全书》（第一主编）、《刑法理论探索》（独著）、《近代西方刑法学说史略》、（主编）、《经济犯罪新论》（主编，获第十二届中国图书奖、2001 年湖北省社会科学优秀成果一等奖）、《刑法学》（主编之一，获全国普通高等学校优秀教材一等奖）、《刑法学》（主编）、《马克昌文集》等，另发表论文一百余篇。马克昌教授的著作和论文还先后获得首届和第二届中国法学优秀成果奖一等奖。

第八章　教科篇

南歌子
湘西行
（1997 年 12 月）

1997 年 12 月上旬，本人与三位同事共赴偏僻的湘西土家族苗族自治州保靖县普戎乡，看望了在保靖五中和普戎小学支教的同事，参观了校舍，并代表湖南省政法管理干部学院向两校赠送了扶贫经费。见到保靖五中校舍多系危房，不少住校学生因家贫连铺床的褥子都没有，不禁感慨万端。归途中无心观赏沿路山川美景，默默填写《南歌子》一首。

山路绕云上，溪桥染晓霜。万绿丛中菊花黄，正是山清水秀好风光。　　美景无心赏，忧思犹自长。保靖五中多危房，湘西贫民尚需众人帮。

【说明】这首词发表于《法学学刊》1998 年第 1 期。原湖南省政法管理干部学院不少师生在看到这首词后，主动向保靖五中和普戎小学捐款捐物。

《南歌子·湘西行》

长　曲
第一堂课必讲的内容要点
（2003 年 12 月）

本人自任教以来，总要在新生第一堂课对学生进行十分钟左右的人生观教育。对研究生进行教育的内容大体如下。

同学们，我为你们高兴！因为你们是十多亿人中的幸运者，你们有机会攻读研究生。我希望你们一定要将这三年时间充分利用：多读书，读好书，沿着人类进步的阶梯步步攀登。不过，还有一件比读书更重要的事情，那就是做人。做人比读书为重，做人比做学问为重，做人比做官为重，做人比赚钱为重。你们一定要下决心做一个对国家对社会对人民的有益之人，这样才能不辜负人生。须知，有些精英人物没有学会做人，最终违法犯罪，将自己的前途葬送。　同学们，你们是国家的财富，是社会的精英。好好努力吧，向着正确的目标前行！依法治国需要大量的优秀法律法学人才，你们的未来道远任重！好好努力吧，为了自己的未来，为了中华民族的伟大复兴！

【人类进步的阶梯】前苏联著名作家高尔基曾说过："书籍是人类进步的阶梯。"

木兰花
治　学
（2001 年 1 月）

　　清末民初之大学者王国维在《人间词话》中曾云："古之成大事业、大学问者，必经过三种之境界：昨夜西风凋碧树。独上高楼，望尽天涯路。此第一境也。衣带渐宽终不悔，为伊消得人憔悴。此第二境也。众里寻他千百度，蓦然回首，那人却在，灯火阑珊处。此第三境也。"王老先生借用古人三首词作里的佳句，把做学问的真谛讲得十分形象而恰到好处。拜读再三，乃取其所用词句填写《木兰花》一首。

　　昨夜西风凋碧树，登高望尽天涯路。为伊消得人憔悴，衣带渐宽无悔处。　　学海遨游不停步，众里寻他千百度。待到蓦然回首时，却在灯火阑珊处。

　　【昨夜西风凋碧树句】 出自宋代晏殊《蝶恋花·槛菊愁烟兰泣露》。这首词描写离情。秋风阵阵，一片萧然苍茫、寂寞孤独的景象，更加引发内心对意中人的思念；在高楼上凝视远方，痴心盼望意中人的归来。"昨夜西风凋碧树"描写景色的萧索凄冷；"独上高楼"颇有一种傲然孤立、独来独往的意味；"望尽天涯路"表示对遥远理想的追寻与企盼。王国维以这三句词比喻古之成大事业、大学问者必经的第一境界，说明在追求的过程中，必须坚定对理想志向的执著信念，并且要有勇气忍受一切寂寞、孤独与辛酸。参见丁炳贵编著：《诗词名句鉴赏辞典》，新疆青少年出版社 1999 年版，第 280～281 页。原词为："槛菊愁烟兰泣露，罗幕轻寒，燕子双飞去。明月不谙离恨苦，斜光到晓穿朱户。//昨夜西风凋碧树，独上高楼，望尽天涯路。欲寄彩笺兼尺素，山长水阔知何处？"

　　【为伊消得人憔悴句】 出自宋代柳永《蝶恋花·伫倚危楼风细

细》。这两句词是描写有情人的痴心真情。此身长在，此情不变，即使受尽痛苦折磨，即使为她消瘦憔悴，还是愿意为爱情牺牲一切。"为伊消得人憔悴"常用来形容一个人为情所困，为爱所苦，失意伤心，憔悴不堪。"衣带渐宽终不悔，为伊消得人憔悴"作为千古佳句常被后人引用，但所指不一定都是原意。王国维就是以这两句来比喻人成就大事业、大学问的第二境界。由于对理想的执著，因此信心十分坚定，虽然屡受挫折，备尝艰苦，仍旧坚持到底，始终不变。参见丁炳贵编著：《诗词名句鉴赏辞典》，新疆青少年出版社1999年版，第361页。柳永的原词为："伫倚危楼风细细，望极春愁，黯黯生天际。草色烟光残照里，无言谁会凭阑意？//拟把疏狂图一醉，对酒当歌，强乐还无味。衣带渐宽终不悔，为伊消得人憔悴。"

【众里寻他千百度句】 出自宋代辛弃疾《青玉案·元夕》。意指在人群里寻找意中人千百次，总是见不着意中人，猛然回头一看，却发觉意中人正在那灯火暗淡的地方。阑珊，指灯火稀落幽暗。王国维以这三句词来比喻人成就大事业、大学问的第三境界，寓意在艰苦追寻的过程中，历经风霜磨难，那一心系念的理想目标终于出现在眼前，因之使人欢欣喜悦。参见丁炳贵编著：《诗词名句鉴赏辞典》，新疆青少年出版社1999年版，第290页。辛弃疾原词为："东风夜放花千树，更吹落，星如雨。宝马雕车香满路。凤箫声动，玉壶光转，一夜鱼龙舞。//蛾儿雪柳黄金缕，笑语盈盈暗香去。蓦然回首，那人却在、灯火阑珊处。"

【说明】 著名学问家季羡林先生认为，王国维先生第一境写的是预期，第二境写的是勤奋，第三境写的是成功。季羡林先生希望："大家都能拿出衣带渐宽终不悔的精神来从事做学问或干事业，这是成功的必由之路。"（参见季羡林：《成功》，载《文摘报》2007年5月3日第7版，原载《重庆晚报》）

<h2 style="text-align:center">择宋人句
欢迎各地代表来湘</h2>

（2003 年 10 月）

2003 年 10 月 8 日，参加中国法学会刑法学研究会 2003 年学术研讨会的全国各地代表在长沙枫林宾馆报到。本人作为会议承办单位湖南省法学会的负责人，对会议在长沙召开感到特别高兴。为表达对各地代表的欢迎之意，特选择宋代词人的佳句为主体，辅之以本人自撰的句子，组成一首"择宋人句"。

　　楚天千里清秋，极目江山如画，好景为君留。好是群贤四集，相聚橘子洲头。　　秋入长沙，依然绿树红花。十月潇湘未有霜，柑林橘圃郁相望。待客浊酒敬一杯，一年好景君需记，君问何时？恰在橙黄橘绿。

【楚天千里清秋】出自宋代辛弃疾词《水调歌头·登建康赏心亭》："楚天千里清秋，水随天去秋无际。"

【极目江山如画】出自宋代魏庭玉《水调歌头·饮芜湖雄观亭》："极目江山如画，际晚云烟凝紫，秋色豁羁愁。"

【好景为君留】出自宋代辛弃疾词《水调歌头·和马叔度游月波楼》："客子久不到，好景为君留。"

【好是群贤四集】出自宋代京镗所作《水调歌头·奉陪永康白使君游青城再次韵》："好是群贤四集，同访宝仙九室，中有玉京城。"

【十月潇湘未有霜句】出自宋代李洪《鹧鸪天·十月南闽未有霜》："十月南闽未有霜，蕉林蔗圃郁相望。"

【一年好景君须记句】出自宋代叶梦得《鹧鸪天·一曲清山映小池》："一年好景君须记，正是橙黄橘绿时。"

【说明】这首词最初刊载于湖南省法学会于 2003 年 10 月 8 日

印发的《中国法学会刑法学研究会二〇〇三年学术研讨会议程安排》之扉页。

《择宋人句·欢迎各地代表来湘》

诉衷情
贺中国刑法学会年会在长沙召开
（2003 年 10 月）

2003 年 10 月 9 日，中国法学会刑法学研究会 2003 年学术研讨会在长沙枫林宾馆开幕。特填词《诉衷情》以贺之。

湘江秋水拍堤沙，岳麓披彩霞。几声脆管何处？枫林有佳话。　杨柳绿，芳草碧，人已醉。星城明灯，学界泰斗，相映增辉。

【几声脆管何处】出自宋代张挥《诉衷情·春词》：“几声脆管何处？桥下有人家。”脆管，原指声音清脆的箫、笛一类管乐器，这里喻指年会开幕式上军乐队的铜管。

【星城明灯】星城是长沙的别称。为迎接第五届全国城市运动会在长沙召开，长沙市于 2003 年实施了“亮化工程”，“星城明灯”即出于此。

【学界泰斗】参加长沙年会的有享誉中外的著名刑法学家、时任中国法学会副会长、中国法学会刑法学研究会名誉会长、国际刑法学会中国分会主席高铭暄教授（时年 75 岁），中国法学会刑法学研究会名誉会长、武汉大学法学院终身教授马克昌先生（时年 77 岁）等刑法学界的泰斗级人物。

【说明】这首词最初刊载于湖南省法学会于 2003 年 10 月 8 日印发的《中国法学会刑法学研究会二〇〇三年学术研讨会议程安排》之尾页。

《诉衷情·贺中国刑法学会年会在长沙召开》

第九章　亲情友情篇

七　绝
中秋节致北京二老
（2011 年 9 月）

中原秋浓天渐冷，
北京二老多保重。
修养得法心态好，
活过百岁有保证。

【北京二老】指本选集作者之妻胡凤英的叔叔胡学魁（部队离休老干部），婶子马永馨（离休老干部）。叔叔离休后潜心研究诗词，已出版《晚情——胡学魁诗词曲选集》（湖南师范大学出版社2012 年 12 月出版）。收到这首七绝之后，叔叔很快写了一首和诗对晚辈进行勉励："根河气候可寒冷，根深蒂固满山松。修书累纸成功业，活于斗升一柱擎。"根河，指内蒙古额尔古纳左旗根河镇，现为根河市城区。作者马长生自1968 年底至1979 年初在根河工作，曾任根河镇党委主持常务工作的副书记。

自由长短句
国庆节致北京二老
（2011 年 9 月）

节日宴，举杯对天陈三愿：一愿国强民富、民族复兴；二愿早日统一台湾；三愿北京、长沙四老健康，长寿过百年。

【北京长沙四老】指作者之妻胡凤英在长沙的父亲母亲和在北京的叔叔胡学魁（部队离休干部）和婶子马永馨（离休干部）。叔叔收到这首长短句之后，作"秋风清"和之："恢宏愿，很期盼，年迈耄耋人，愿为帅举幡。待到三愿兑现时，全民欢笑金石镌！"老人虽已是耄耋之年，但仍愿意为党的事业做些力所能及的工作，其对党耿耿忠心溢于字里行间。

【说明】这首长短句借鉴了南唐冯延巳的《长命女》："春日宴，绿酒一杯歌一遍，再拜陈三愿：一愿郎君千岁，二愿妾身常健，三愿如同梁上燕，岁岁常相见。"

七　绝
贺高、王两老八五华诞暨联袂执教六十年
（2013 年 5 月）

八五高龄老寿星，
联袂执教六秩整。
德艺双馨冠华夏，
呕心沥血育精英。

【**高、王两老**】指中国刑法学研究会名誉会长、北京师范大学刑事法律科学研究院名誉院长、特聘顾问教授、博士生导师、中国人民大学荣誉一级教授、博士生导师高铭暄教授和中国刑法学研究会顾问、中国犯罪学会副会长、最高人民检察院专家咨询委员会委员、中国人民大学荣誉一级教授、博士生导师王作富教授。高铭暄、王作富教授是新中国刑法学的主要开拓者、奠基人和老一辈法学家的优秀代表。数十年来，他们与其他老一辈刑法学者一起，积极参与国家立法、司法的研拟、咨询工作，缔造了中国刑法学的基本体系与学说，培育了一大批优秀的刑法学者和刑事立法、司法的专家型人才，感召着一代又一代刑法学人脱颖而出。他们对我国的法治建设特别是刑事法治建设作出了突出贡献。

八五高龄老寿星联袂执教六秩

八五高龄老寿星联袂执教六秩
整德艺双馨冠华夏呕心沥血育
精英贺高王两老八五华诞暨联
袂执教六十年为长生先生作
诗 张博文集甲骨文字并书

《七绝·贺高、王两老八五华诞暨联袂执教六十年》（一）

《七绝·贺高、王两老八五华诞暨联袂执教六十年》（二）

自由长短句

贺阳东辉、何炼红新婚

（1995 年 12 月）

乙亥初冬，古城长沙阳光明媚，仍是一片金秋景象。欣闻我院教师阳东辉、何炼红结婚，余高兴非常，乃草成无牌词一首以为祝贺。

何炼红，何炼红？阳东辉沐必有成。同执教鞭，共结连理，学海相伴其乐无穷。凭谁说，世上唯有读书高，论古今，教书育人更神圣。绿树红花，校园美景，愿新人一生三尺讲台同建功。

【说明】这首长短句利用阳东辉、何炼红（结婚时均为原湖南省政法管理干部学院教师）的名字及其包含的字义作开篇之句，大意是说：何以炼得优秀，何以炼得优秀？因为沐浴太阳东升的光辉，必然事业有成。接着的词句是描述教师职业的美好、重要与光荣，希望两位新人今生在教师职业岗位上共同建功立业。不出所料，何炼红婚后教学、科研工作突飞猛进，不几年就破格晋升副教授，之后攻读了博士学位，不久又晋升教授，现在已是中南大学法学院教授、博士生导师，入选教育部新世纪优秀人才计划，首批全国知识产权领军人才，国家知识产权专家库首批专家，国家知识产权局第三批百名高层次知识产权人才培养人选，中南大学人文社会科学杰出青年人才培育计划。先后主持承担国家社科规划办、司法部、教育部、国家知识产权局等部门的知识产权课题 17 项，在《法学研究》、《中国法学》等重要期刊发表论文五十余篇。阳东辉也非常出色，现为湖南师范大学法学院副教授、法学博士、硕士生导师，中国法学会经济法研究会理事，湖南省经济法学研究会常务理事。

七 绝
和杨凯教授
（2012 年 12 月）

　　中国计量学院法学院教授杨凯博士曾供职于湘潭大学法学院，其时老夫亦在该院兼职，彼此相处甚好。2012 年 12 月 25 日，收到杨凯教授七绝一首，遂步其韵以七绝和之。

中华振兴创奇迹，
人生百岁亦不稀。
全赖我党政策好，
共建和谐好社会。

　　【说明】杨凯教授的《七绝·衷心祝贺马长生教授七十华诞》如下：

　　"人生七十往日稀，如今依然还是喜。祝愿马翁心身健，长生不老创奇迹！"落款是"忘年交好友 杨凯敬贺"。

七　绝

答夏勇教授

（2013 年 6 月）

收到中南财经政法大学刑事司法学院院长夏勇教授发来的贺函，老夫深受感动与鼓舞，特作七绝一首以答之。

难得一湖联两省，
藏头佳句蕴真情。
再向老天借青春，
学海拼搏报夏勇。

【说明】夏勇教授的贺信如下：

敬爱的马长生先生：

值此先生 70 华诞大喜之际，我本人及中南财经政法大学刑事司法学院全体师生向您献上最热烈的祝贺和最美好的祝愿！

谨奉"藏头"小作，浓缩千言万语，以表深情：

祝辞一篇肺腑言，
愿景在胸法治缘。
马不解鞍而求索，
长风破浪意志坚。
生知安行坦荡荡，
老僧入定显风范。
师德感召学子心，
身教胜似千万卷。
体贴入妙见真谛，
健谈国是笔不闲。
康强逢吉七零后，

且看明日又扬帆。

学问不止青山在，

术业精髓天下传。

常鳞凡介最亲切，

青林黑塞总流连。

中南财经政法大学刑事司法学院

院长夏勇亲笔并携全体师生恭贺

2013 年 6 月 22 日

自由小令
赠吴平安君

(2012 年 4 月 9 日)

泸溪县公安局副政委吴平安硕士系老夫在湘潭大学指导过的学生。今日吴君来寒舍看望老夫，特赠其小令一首。

吴平安，有平安，和平时期靠公安。君系公安当努力，护民保国保平安。国泰民安，中华振兴，共促强国梦圆。

【和平时期靠公安】 已故周恩来总理生前曾说过："和平时期国家安危系公安机关于一半。"

新　诗

薄酒一杯敬朋友

（2004 年 6 月）

朋友啊朋友，
敬献您一杯薄酒。
感谢您多年来的关心，
给我营造了良好的小气候。

朋友啊朋友，
敬献您一杯薄酒。
感谢您多年来的帮助，
让我战胜了许多困难与险阻。

朋友啊朋友，
敬献您一杯薄酒。
感谢您多年来的支持，
让我完成了一项项课题，一次次任务。

朋友啊朋友，
敬献您一杯薄酒。
感谢您给过我诚恳的批评，
让我避免了许多错误。

您是最好的同志，
您是真正的朋友，
您是雪中的火炭，
您是沙漠里的绿洲。

永远感谢您，
我亲爱的朋友！

七　绝
赠青年朋友
（2013 年 6 月）

Z、Y 两君在读研时相爱，婚后育一子，事业有成，生活幸福，后因生活中的矛盾处理不当而分居。老夫赠七绝以劝和，两君已初步和好。

同学三年情意深，
共育爱子牵两心。
分居已久镜未破，
还是原配更知音。

四　言

墓志铭

（2010 年 6 月）

　　本月，老夫将度过 66 岁生日。或许，从 60 岁那年就已进入晚年。本人自 1968 年末至 1979 年初在地处寒带的东北边疆内蒙古额尔古纳左旗工作，期间患上支气管扩张、右中叶肺不张且部分支气管狭窄等慢性疾病，医学界对这种病目前尚无药可治，手术治疗则有较大风险。为应对不测，故虽自知学识浅陋，却东施效颦，学习启功先生，也给自己写个墓志铭。

　　本科毕业，混个教授，学而不博，专而不透。曾经为官，无甚成就。治学多年，精品阙如。小有名气，自知不够。唯有做人，尚属仁厚。身材不高，相貌不丑。多年旧疾，经常咳嗽。坚持锻炼，与病争斗。六十有六，已非短寿。夕阳甚好，黄昏渐凑。但嘱子女，千万记住：爱国敬业，不可疏忽；严于律己，恪守法度；做人第一，其他排后；待人以诚，和谐和睦；炼好身体，"本钱"要足；驾车谨慎，平安是福；转型岁月，戒躁戒浮；淡定心态，力戒盲目。殷殷斯言，切切此嘱。

　　【启功】（1912～2005 年）姓爱新觉罗，字元白，中国当代著名教育家、国学大师、书画家、文物鉴定家、诗人，生前曾任中国人民政治协商会议全国委员会常务委员、中央文史研究馆馆长、"九三"学社顾问、国家鉴定委员会主任委员、中国书法家协会名誉主席，中国佛教协会、国家博物馆顾问、西泠印社社长、北京师范大学教授。启功先生 66 岁时曾作《墓志铭》如下：

　　"中学生，副教授，博不精，专不透，名虽扬，实不够，高不成，低不就。瘫趋左，派曾右。面微圆，皮欠厚。妻已亡，并无后，丧犹新，病照旧。六十六，非不寿，八宝山，渐相凑。计平生，谥曰陋，身与名，一起臭。"

第十章　咏景篇

自由小令
长沙冬日春景
（2006 年 1 月 26 日）

　　日暖风清，树绿花红，星城冬日，竟是一派春景。却原来，千家万户喜迎新春，天也动容，地也动容。

　　【说明】长沙冬季平均温度是 5.0℃ ~ 12.0℃，白天平均 12.0℃，夜间平均 5.0℃，遇到连晴天气，白天最高气温可达 20.0℃左右。

七　律
夏日聊城
（2012 年 6 月）

夏日北上鲁西游，
聊城最是好去处。
大运河畔登古楼，
东昌湖上荡新舟。
高房阔路人熙熙，
碧树绿草鸟啾啾。
美景惹得游人醉，
直把聊城作杭州。

【东昌湖】始建于宋熙宁三年（公元 1070 年），在原护城河的基础上经历代开挖而成，现有水域 4.2 平方公里，为中国江北地区罕见的大型城内湖泊。东昌湖引黄河水为源，常年水深 3～5 米，湖水清澈，无任何工业污染，景色宜人，沿湖还有二十多平方公里风景区，具有"城中有湖，湖中有城，城、湖、河一体"的独特风貌。

【新舟】此处指崭新、漂亮的游船。

【大运河】即京杭大运河，全长 1 794 公里，是世界上最长的一条人工运河，纵贯我国南北，是我国重要的一条水运干线。

【古楼】即光岳楼，位于聊城古城中央，建于 1374 年（明洪武七年），高 33 米（合九丈九尺，所谓极阳之数），是历史文化名城聊城的标志性建筑，我国历史悠久的名楼之一，全国重点文物保护单位。清代乾隆皇帝七下江南、六次东巡，其中九次过东昌府（聊城古称），五次登光岳楼，先后为光岳楼赋诗 13 首，且多次住在二楼的文昌阁内，故文昌阁又称"乾隆行宫"。光岳楼上有诸多历史名人题写的牌匾、楹联。1974 年，我国著名历史学家、文学家、考古学家郭沫若先生为纪念光岳楼落成 600 周年而题写的"光岳楼"匾，白底黑字，气势磅礴。

【**熙熙**】 即熙熙攘攘，形容来往人多、繁华状。

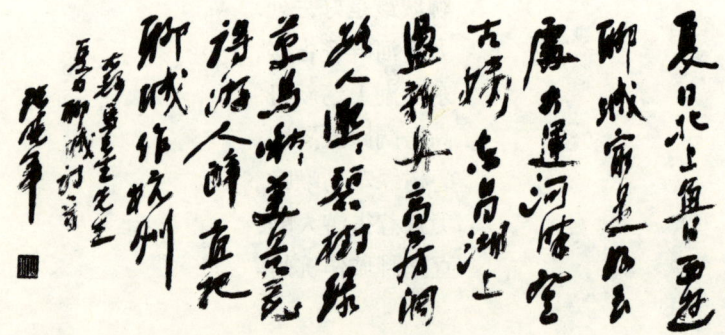

《七律·夏日聊城》

鹧鸪天

莽　山

（2011 年 7 月）

最近，陪同学兄、中国政法大学马登民教授一行前往莽山一游，大家对莽山胜景印象甚好，特填词以记之。

山高林密有蛇蟒，峡谷鸣蝉天籁响。翠鸟翻飞老树巅，山花斗艳古道旁。　　林深处，石径长，俯瞰白云伴斜阳。道是南国酷暑天，却在莽山一日凉。

【莽山】位于湖南省郴州市境内，南岭山脉北麓，总面积 2 万公顷，东、西、南与广东省乳源、连州、阳山相邻，是著名的国家森林公园。莽山地形复杂，山峰尖削，沟壑纵横，境内 1 000 米以上的山峰就有 150 多座，最高峰猛坑石海拔 1 902 米，称"天南第一峰"。蜿蜒山间的长乐河是珠江的发源地之一。莽山气候温和，雨量充沛，资源丰富，风景壮丽，是湘粤边界上的绿色明珠，生态旅游、避暑、休闲度假的胜地。莽山是富丽完好的森林博物馆。（详细情况见前注）

【山高林密有蛇蟒】莽山因林海莽莽、蛇蟒出入而得名。莽山有一种剧毒蛇叫做莽山烙铁头，系国家一级保护动物。

山鸟河汾容有妮啼
峡谷鸣咏玉瓶馨
翠鸟翔飞老树巅
花阔艳玉连旁林
温泉石远名府澈
雨雪后斜阳道
走南园醉者日部
在舞山一日游寄
癸巳年峡峰巴

《鹧鸪天·莽山》

临江仙

矮寨大桥

（2012 年 5 月）

2012 年 5 月 8 日，老夫与湖南师大部分离退休老同志同游矮寨大桥。该桥位于湘西吉首距离市区约 20 公里处的矮寨镇附近之德夯河谷之上，桥面与地面高差达三百五十余米，雄跨山谷两侧悬崖，主跨跨径长达 1 176 米，是目前世界上峡谷间跨度最大的钢桁梁悬索桥，且采用了三项堪称世界第一的技术，蔚为壮观，遂填词《临江仙》以记之。

谁教虹霓跨两山？一桥飞架云端，过桥竟然似飞天。天下第一桥，大气令人叹！　当年修路曾开山，狭道曲曲弯弯，却是抗日运输线。青山依旧好，尤喜换人间。

【矮寨大桥】2007 年 10 月启动建设，2012 年 3 月 31 日上午通车运行，从而使全长八百多公里的湘渝高速公路全线贯通，从长沙开车至重庆只需要 8 小时。

【当年修路曾开山句】抗日战争时期，国民政府为了开通抗日运输线，曾在矮寨附近修筑狭窄的盘山公路。

七　绝
虎年三咏
（1998 年）

咏竹

虚心赢得节节高，
却是宁折不弯腰。
给予人处从来多，
要求人处总是少。

咏荷

菡萏红白生塘中，
舒卷开合各有情。
出入污泥从不染，
根作白藕花作蓬。

咏梅

冰雪丛中几点红，
不与桃李争春风。
虽无华贵却高雅，
清香长留人心中。

《七绝·虎年三咏之咏荷》

《七绝·虎年三咏之咏梅》

七 绝
咏扁豆花
（2012 年 7 月）

今春在客厅阳台上种了一棵扁豆，盛夏时分，豆秧爬满了护窗，一串串紫红色的花朵竟然与春天里的桃花很有些相似。每天一有闲暇，老夫就站在窗边欣赏这夏日里的春色，并适时给扁豆浇水，不免乐在其中也。

阳光明媚绿满窗，
扁豆花似桃花样。
一点春色饰炎夏，
一片喜悦在心房。

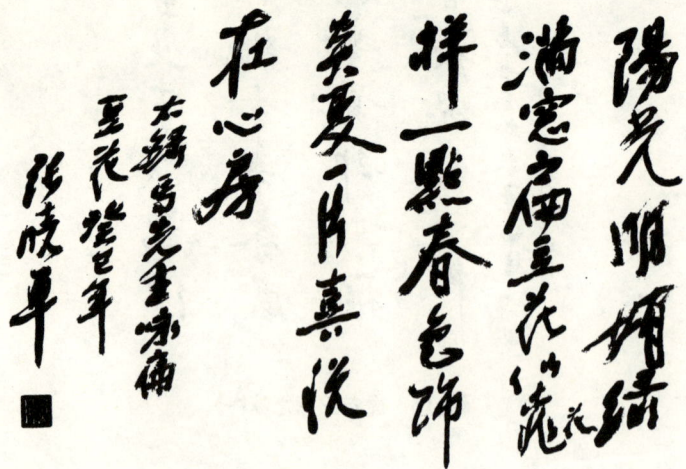

《七绝·咏扁豆花》

第十一章　随感篇

自由长短句
读曹操《短歌行》有感
（1992 年 8 月）

遥想当年曹孟德，曾叹人生几何。而今我谓曹翁，何须对酒当歌？不朽诗文，流传千古，盖世武功，统一北国。司马氏一统中华，曹翁奠基功不可没。　　看我今日大中华，有多少英雄豪杰，远胜当年曹孟德。更有十几亿炎黄子孙共同追求民族复兴，众志成城何等了得！实现国家统一乃民族复兴之要，两岸同胞人人有责。宜早不宜迟，万不可长期耽搁。待到两岸统一日，全世界炎黄子孙共同举杯热烈庆贺！

【曹操《短歌行》】全诗如下："对酒当歌，人生几何？譬如朝露，去日苦多。慨当以慷，忧思难忘。何以解忧？唯有杜康。青青子衿，悠悠我心。但为君故，沉吟至今。呦呦鹿鸣，食野之蘋。我有嘉宾，鼓瑟吹笙。明明如月，何时可掇？忧从中来，不可断绝。越陌度阡，枉用相存。契阔谈宴，心念旧恩。月明星稀，乌雀南飞。绕树三匝，何枝可依？山不厌高，水不厌深。周公吐哺，天下归心。"

解珮令
人 生
（1993 年 5 月）

来到人间，走过一番，君可知、酸甜苦辣咸，理应尝遍。缺一味，味道不全。不吃苦、不算圆满。　　拼搏进取，不怕困难，敢迎接、新的挑战。战胜自我，有道是、致胜关键。意志坚、百折不弯。

【说明】作者在原湖南省政法管理干部学院任职期间，曾见到有的同事遇到这样那样的困难和挫折而一度精神沮丧，遂填此《解珮令》以赠之。

渔家傲
赞好地公司张玉莲
（1997 年 12 月）

读 1997 年 12 月 17 日《湖南日报》，为张家界青年女企业家张玉莲艰苦奋斗、好学上进、坚定执著、创办智慧型企业的事迹感奋而作。

灵山秀水育英贤，张家界有张玉莲，艰难困苦玉汝成，思飞跃，赴京攻读研究生。 实业报国靠智慧，好地公司爱学习，西部慧谷好主意，了不起，九万里风鹏正举。

【说明】《湖南日报》1997 年 12 月 17 日第 4 版发表长篇报道：《好地实业：用智慧构建明天——湖南张家界好地实业股份有限公司创办智慧型企业纪实》，作者周怀立、向国生。

自由长短句
六十抒怀
（2004 年 6 月）

叹光阴，白驹过隙，转瞬间，六十岁。为官不曾建功业，治学未留警世语。聊可慰，认认真真做人，数十年敬业多努力。　　老骥至今尚伏枥，梦中犹可走千里。更喜长江新浪起，明天会更美！

【白驹过隙】成语，意为像白色的骏马在缝隙间飞快地越过，比喻时间过得很快，光阴易逝。又作过隙白驹。参见《中国成语大词典》，上海辞书出版社 1987 年版，第 21～22 页。

【老骥至今尚伏枥句】由三国时期曹操《龟虽寿》中诗句"老骥伏枥，志在千里"演化而来。枥，指马槽。

【长江新浪起】由熟语"长江后浪推前浪"演化而来，喻法学教育战线新人辈出。

浪淘沙
登鹿嘴岩观海有感
（2006 年 2 月 22 日）

近日来深圳讲学，周末在几位学生陪同下来鹿嘴岩观海。极目太平洋，不禁浮想联翩。

踏青南海边，登鹿嘴岩，太平洋波涛连天。中华民族几千年，多少悲欢？ 郑和下西洋，林翁禁烟，我党打下新江山。改革开放春风起，绿染人间。

【郑和下西洋】指明朝初期郑和奉命出使 7 次下西洋的航海活动。郑和下西洋时间之长、规模之大、范围之广都是空前的。它不仅在航海活动上达到了当时世界航海事业的顶峰，而且对发展中国与亚洲各国家政治、经济和文化上友好关系作出了巨大的贡献。后来有根据历史纪录改编的同名动画片、电视剧。

【林翁禁烟】道光年间（1820～1850 年），清朝政府多次颁布制止鸦片流毒的谕旨，但是，贩入中国的鸦片数量仍在逐年上升。1838 年 6 月，清朝政府中以林则徐为代表的有识之士，纷纷上书请求禁烟。林则徐在给道光皇帝的奏折中指出：鸦片泛滥将使"中原几无可以御敌之兵，且无可以充纳之银。"林则徐等大臣促使道光皇帝下了禁烟的决心。1838 年 12 月，道光皇帝任命林则徐为钦差大臣，前往广东查禁鸦片。林则徐会同两广总督邓廷桢、水师提督关天培等缉拿烟贩，整顿海防，命令外国商人交出鸦片，将英美商的两万多箱（约 120 万公斤）鸦片在虎门付之一炬。

浪淘沙
登地王大厦观深圳夜景有感
（2006 年 2 月 24 日）

近日来深圳讲学，今晚在学生陪同下登上地王大厦观看深圳夜景，只见深圳高楼林立，灯火辉煌，其繁华状不亚于临近的香港。我心里默唱着那首动听的《春天的故事》，不知不觉间，一首《浪淘沙》词却浮现在脑海里。

八十年代初，南海岸边，总设计师邓小平，曾经画过一个圈，奇迹出现。　　崛起一座城，世人惊羡。改革开放成巨篇。社会主义不应穷，贵在发展。

西江月

闰七月七夕

（2006 年 8 月 30 日）

有幸牛郎织女，今岁两度七夕。金风玉露再相会，两情何等惬意。　　秋日碧空如洗，大地橙黄橘绿，古老民族在复兴，幸福多少男女！

【**牛郎织女**】这是在民间流传很久的故事：很久以前，牛郎与老牛相依为命。一天，老牛突然说话，让牛郎去树林边，说是会看到一位美丽的姑娘和他结为夫妻，牛郎纳闷，但还是去了，果然遇到天上下凡的织女，二人结为夫妻，过上了幸福的日子。可是好景不长，老牛交代完事情就死了，织女也被王母派来的天神抓走了，牛郎带着儿女披着牛皮追赶织女，眼看就要追到了，王母却拿下簪子划了条天河，将他们隔开了。他们互相挣扎着，以泪洗面，王母受到感动，就让他们每年农历七月七日通过由无数喜鹊搭成的鹊桥见面，于是形成了现在的七夕。

【**金风玉露再相会**】出自宋代秦观《鹊桥仙》："纤云弄巧，飞星传恨，银汉迢迢暗渡。金风玉露一相逢，便胜却人间无数。"

虞美人
炒股乱象
（2007 年 5 月 15 日）

老夫与老伴从未涉足股票，但周围同事、熟人及亲友炒股者众多。大家都炒得津津有味，老夫却要给他们泼一点冷水。

买进卖出何时了，股民知多少？小楼昨夜又东风，牛市诸多股票往上升。　　熊市阴影今犹在，只是时运改。问君能有几多愁，股票猛跌变成冤大头。

附　录　篇

论新时期执政党党员的法治修养❶

六十多年前的 1939 年 7 月，在抗日战争的烽火之中，中国共产党的卓越领导人之一刘少奇同志曾在延安马列学院作过一场《论共产党员的修养》的著名演讲。六十多年来，这篇闪烁着马列主义、毛泽东思想光辉的经典之作教育和陶冶了一代又一代的共产党人。今天，我们在改革开放的大潮中，在中国共产党早已成为执政党的情况下重读这篇光辉著作，更加感到共产党员加强修养的意义之重大。我们认为，在社会主义现代化建设的新时期，加强法治修养乃是执政党党员进行修养的极为重要的新内容。所谓法治修养，是指认真学习法律知识，不断提高法律意识，增强法治观念，树立宪法和法律的无上权威，提高依法办事的自觉性与能力水平的能动过程。本文试对共产党员进行法治修养的有关问题进行一些研究探讨。

一、共产党员为什么要进行法治修养

（一）贯彻实行依法治国的基本方略要求共产党员必须进行法治修养

从 1917 年俄国十月革命诞生了世界上第一个社会主义国家起，

---

❶　本文系作者在原湖南省政法管理干部学院任副院长、研究员期间与本院青年教师姜素红合著，原载《湖南省政法管理干部学院学报》2000 年第 3 期，中国人民大学书报资料中心《中国共产党》2000 年第 8 期全文转载，《新华文摘》2000 年第 8 期摘编论点。

在欧洲、亚洲、拉丁美洲曾先后诞生过十几个社会主义国家。八十多年来，这些社会主义国家在国家事务、社会事务和经济文化事业的管理上基本上都是主要依靠执政党的政策和领袖的个人威望。实践业已证明，这种治国模式弊端甚多。我国在20世纪60~70年代发生的十年动乱以及90年代初期发生的苏联解体、东欧剧变，都同这种治国模式不无关系。以邓小平为核心的中国共产党第二代领导集体认真总结了社会主义国家特别是新中国的治国经验，及时对治国方略作了调整，由主要依靠执政党的政策，自觉地向主要依靠法律转变。1997年9月召开的中国共产党第十五次全国代表大会，将治国方略的调整推向了一个更新更高的阶段，在社会主义国家的治国历史上第一次明确规定了依法治国的基本方略。新中国第三代领导集体的核心——江泽民总书记在这次大会的报告中明确指出，依法治国是"党领导人民治理国家的基本方略"，并提出了建设"社会主义法治国家"的伟大目标。1999年3月召开的九届全国人大二次会议通过的《中华人民共和国宪法修正案》则把党的十五大确立的依法治国的基本方略以根本大法的形式固定下来，作为治国安邦总章程中的一个重要原则。

中国共产党关于治国方略的调整和转变，必然要求她的党员在观念上来一个相应的调整和转变。从自觉学习、遵守和贯彻党的政策，政策观念特别强，调整和转变到不仅政策观念强，而且法治观念强，能够自觉地学习、遵守和贯彻执行国家的宪法、法律和法规。中国共产党作为执政党，要求她的党员必须认识到在社会主义现代化建设的新时期，执政党选择依法治国的基本方略，这是历史的必然。执政党的党员只有顺应历史发展规律自觉加强法治修养，才能在依法治国的历史过程中真正发挥党员的先锋模范作用。在这样一个历史时期，共产党党员能否自觉加强法治修养，也是在政治上同党中央是否保持一致的重要表现。

（二）坚持"在宪法和法律的范围内活动"要求党员必须加强法治修养

中国共产党是执政党，党领导人民制定了宪法和法律，也要领导人民遵守宪法和法律。党的各项活动都应该以宪法和法律为依据，这既是宪法的要求，同时也是党章的规定。"中国共产党党员永远是劳动人民的普通一员，除了法律和政策范围内的个人利益和工作职权以外，所有共产党员都不得谋求任何私利和特权。"❶ 在新的历史时期，中国共产党战胜了诸多困难，排除了来自各方面的干扰，创造性地加强了党的建设，充分发挥了领导核心和特别能战斗的作用。但是，由于我国处于探索性改革的特殊时期，党内不可避免地出现一些新问题，特别是相当一部分党员漠视法律、违法乱纪甚至犯罪的情况相当突出。有关调查资料表明，腐败是当今社会最严重的问题。据统计，1999 年全国纪检监察机关已查结案件130 414件，给予党纪政纪处分132 447人；在受处分的人员中，县（处）级干部4 092人，地（厅）级干部327 人，省（部）级干部（不含军队）17 人。典型的大案要案有：宁波市原市委书记许运鸿以权谋私案，江西省原副省长胡长清索贿、受贿案，中国国际信托投资公司原副董事长金德琴利用职权侵吞巨额公款案，广东省湛江市特大走私、受贿案，大庆市大庆联谊石化股份有限公司股票案❷，以及原全国人大常委会副委员长成克杰受贿案等。严肃查处这些大案要案，充分显示了我们党惩治腐败的坚强决心，也说明反腐败斗争的形势相当严峻。治党，仅仅靠自律与纪律是不行的，还必须依靠强有力的法治。中央纪委监察部一位领导同志分析说，现在许多掌权者搞了腐败犯了罪，往往成为纪委和法律追究不到的"黑数"，即使被发现了，七扣八扣后能作为定罪证据的也就不多了。就是判了刑，也往往以轻判、缓刑、假释、保外就医等多种手

---

❶ 《中国共产党章程》第 2 条。
❷ 参见《法制日报》2000 年 3 月 3 日第 2 版。

段来逃避惩罚。犯罪成本这么低就导致一些人铤而走险搞腐败。❶
这就像古代著名的政治家子产所讲的：法纪严厉如火，触者必伤，
人们望而生畏，敢于玩火者少，被火烧死的人也就少；法纪宽柔如
水，人们存戏弄之心，蹈水者多，陷溺而死的人也就多。邓小平同
志多次强调，要严厉打击严重经济犯罪，要做到有法可依，有法必
依，执法必严，违法必究。❷ 江泽民同志指出："党的性质、党在
国家和社会生活中所处的地位、党肩负的历史使命，要求我们治国
必先治党，治党务必从严。治党始终坚强有力，治国必会正确有
效。"❸ 早在延安时期，董必武在《党员犯法应加重治罪》一文中
指出："党决不包庇罪人，党决不容许在社会上有特权阶级，党员
毫不例外，而且要加重治罪，这更表示党所要求于党员的比起非党
员的要严格得多。"❶ 其实，如今人民群众对于党员主要是党员领
导干部犯罪，并不奢望"加重"（从重）治罪，而只期望让他们像
平民百姓一样违法必究领受应得的惩处，不像前河南鹤壁市委副书
记、市长、贪官朱振江说的"身上有一个光环，有一层保护。"

我们党拥有六千一百多万党员，分布在全国各个地区，各条战
线和各个行业。共产党作为工人阶级的先锋队，是整个社会的先进
阶级。她的每一个成员的言行举止都对人民群众有着极大的影响。
依法治国对执政党执政方式的要求最终要通过党员的活动来落实。
因而，提高共产党员的法治修养是势在必行。

（三）加强法治修养是共产党员在新时期自我修养的必然要求

1. 世纪之交的形势对党员素质提出了新要求。

在世纪之交，我们面临着"和平"与"发展"的国际环境以
及市场经济的考验，因此，在党的建设中，防止蜕化变质、扼制腐

❶ 参见《报刊文摘》2000年1月10日第1版。
❷ 《邓小平文选》（1975～1982年），人民出版社1982年版，第136页。
❸ 江泽民：《在中央纪委第四次全体会议上的讲话》（2000年1月14日），载
《人民日报》2000年1月15日第1版。
❶ 《董必武选集》，人民出版社1985年版，第58～59页。

败堕落的任务非常艰巨。如果说，在战争年代党内不正之风主要表现为教条主义、脱离实际的学风问题；在建国初期，主要表现为官僚主义、脱离群众和少数党员干部以权谋私、贪污浪费；而世纪之交实行改革开放以来则突出表现为腐败堕落、严重违法乱纪甚至顶风作案。目前，腐败现象不仅在经济生活中滋生蔓延，而且开始向政治领域渗透，比如跑官卖官、任人唯"亲"、执法犯法、以权压法等。保垒最容易从内部攻破。如果说，目前西方敌对势力正企图通过种种手段从外部威逼促变，那么，党内腐败现象则是从党内瓦解助变，其危险最大，危害最烈。因此，我们应当从跨世纪战略的高度认识反腐倡廉、从严治党、加强党的自身建设、提高党员素质的意义。要求广大党员必须适应新形势，转变旧的思想观念，加强法治修养，树立新的精神风貌。刘少奇曾指出：共产党员"由一个幼稚的革命者，变成一个成熟的、老练的、能够运用自如地掌握革命规律的革命家，要经过一个很长的革命的锻炼和修养的过程，一个长期改造的过程，"[1] 只有经过这样的过程"才能发现自己原来不正确的思想、习惯、成见，加以改正，从而提高自己的觉悟，培养革命的品质，改善革命的方法等。"[2] 革命者在革命斗争中的主观努力和修养，对于改造和提高革命者自己，是完全必需的，是决不可少的。每个共产党员"无论是参加革命不久的共产党员，或者是参加革命很久的共产党员，要变成为很好的政治上成熟的革命家，都必须经过长期革命斗争的锻炼，必须在广大群众的革命斗争中，在各种艰难困苦的境遇中，去锻炼自己，总结实践的经验，加紧自己的修养，提高自己的思想能力，不要使自己失去对于新事物的知觉，这样才能使自己变成品质优良政治坚强的革命家。"[3] 所以，加强党员的法治修养，全面提高党员素质，培养和造就千百万合格的共产党员，是新形势下摆在全党面前的刻不容缓的重大

---

[1] 《刘少奇选集》（上卷），人民出版社 1981 年版，第 99 页。
[2] 《刘少奇选集》（上卷），人民出版社 1981 年版，第 99 页。
[3] 《刘少奇选集》（上卷），人民出版社 1981 年版，第 100～101 页。

任务。

2. 共产党员加强法治修养是加强党性修养的必然要求和重要保证。

（1）这是贯彻党的基本路线的基础。党的基本路线是社会主义初级阶段党的建设的总方针，全面理解和坚决执行基本路线是每一个党员的光荣使命。党的基本路线的基本内容是一个中心、两个基本点——以经济建设为中心，坚持改革开放、坚持四项基本原则。我国经济体制改革的目标是建立社会主义市场经济，在社会主义市场经济的道路上推进中国的现代化。而市场经济就是法治经济。作为国家及其管理者要依法管理经济事务，作为公民要依法从事经济和社会活动。改革开放和四项基本原则作为我国的强国之路和立国之本是坚决不能动摇的，必须长期坚持下去。而改革开放的顺利进行和四项基本原则的贯彻执行，又都是以不断完善的法律保障为后盾的。而且，四项基本原则还庄严地写进了我国宪法之中。在党章和宪法的指导下，中央和地方党组织制定了一系列具体条规，各级人大也制定了许多具体的法规。这些条规和法规都是在党的基本路线指导下制定并为党的基本路线服务和提供法律保障的。所以，共产党员要认真贯彻党的基本路线，除了要把握住大方向，坚定政治信念外，还必须具备一定的法治修养。比如：发展是硬道理。但是，每个地区和部门的经济发展是同社会全面发展相联系的，是同可持续发展战略相联系的，也是同整个国家的发展相联系的。而有些党员领导干部缺乏建设有中国特色社会主义的全局观，只在地区、部门乃至小团体的某些暂时利益上打转转，说是搞发展，实际上搞了环境污染、精神污染，损害了大局，有的甚至发展到违法犯罪。

所以，共产党员是否具备法治修养，直接关系到党在社会主义初级阶段的基本路线能否贯彻到底，关系到建设有中国特色社会主义事业的兴衰成败。

（2）这是纯洁党性的保证。中国共产党是中国工人阶级的先锋队，是中国各族人民利益的忠实代表，是中国社会主义事业的领导核心。中国共产党领导人民通过武装夺取政权，建立了社会主义国家，又领导人民立法，实行依法治国方略，建设法治国家，用法律维护党的无产阶级先锋队性质，保护人民利益，实现全心全意为人民服务的宗旨。中国共产党必须坚持自己的党性，否则就会丧失工人阶级先锋队的本色，甚至会丢掉执政地位。一些党员认为市场经济遵循求利原则，与为人民服务的宗旨不相容，这是错误的。因为建立社会主义市场经济体制的目的是为了解放生产力、发展生产力，满足人民不断增长的物质文化需求，实现共同富裕。这与坚持党的宗旨是一致的。有些党员指出：为人民服务要讲"义"，市场经济追求利润的最大化，要讲"利"。过去我们强调"重义轻利"，现在如果片面地强调"重义轻利"，则不利于市场经济的发展。那么，如何正确认识这个问题呢？在新形势下，该建立一种什么样的义利观呢？大量事实表明：在社会主义市场经济条件下，中国共产党人要守住精神家园，面对利欲的诱惑，在思想上顶得住，在行动上立得住，就必须对义利问题有一个准确的定位。因为义利观是人生观的重要内容，那些蜕化变质的共产党人大都与没有正确的义利观有关。因此，共产党人在市场经济条件下的义利定位应该是以社会主义义利观——以集体主义原则为核心，把国家和人民的根本利益放在首位，又充分尊重个人的合法利益，既尊重市场经济规律，充分发挥市场经济普遍通行的物质利益原则、等价交换原则、自由竞争原则的正面作用，又要在行为准则上超越市场法则和个人功利的局限，做到义利统一，以义节利，以义导利，发扬中华民族的传统美德和共产党人的优良传统。但是，一些党员却不讲党性，把市场经济中的互利互惠、等价有偿引进党内，搞起"权钱交易"。如在司法领域中，有些党员干部不给好处不办事，给了好处乱办事，任意侵犯公民的合法权利，或者当公民的合法权利受到非法侵害时，不能及时、完全得到，甚至根本不能得到执法者的救助和保护。这些事例的大量存在，极大地伤害了人民群众当家作主的自信心，由此产生对党的不信任，对党的宗旨的怀疑。问题虽出在个别干部身上，群众的怨气却指向共产党。长此以往，不仅会毁掉一批党员和领导干部，更重要的是会导致更多人的人生观、价值观的扭曲，理想、信念的动摇，民族精神的崩溃，进而动摇党的阶级基础和执政地位。因而，努力提高共产党员的法治修养是改善和加强党的领导，维护党的权威，维护党的执政地位的保障，更是纯洁党性的保障。

二、共产党员必须积极投身依法治国的伟大实践，在实践中进行法治修养

（一）我国的法治之路是艰难的，共产党员必须下定决心，为实现"社会主义法治国家"的伟大目标而奋斗

六十多年前，刘少奇同志在向延安马列学院的学员演讲《论共产党员的修养》时，曾号召大家积极投身伟大的抗日战争实践，在实践中加强党性修养。广大共产党员经受了抗日烽火的考验，他们在党中央的领导下，团结全国人民进行了多年艰苦卓绝的浴血奋战，终于赶走了日本侵略者，实现了民族的解放。今天，党中央又提出建设"社会主义法治国家"的伟大目标。共产党员应清醒地认识到，实现这一目标，同样是一场伟大的革命，比起当年战胜日本侵略者的艰苦斗争来，从某种意义上讲，这场革命也许更艰巨，更深刻，需要的时间更长。这场革命不可能在八年之内完成，也许需要几个八年，甚至需要几代共产党人为此而奋斗。当年的抗日战争是一场实现民族解放的革命，今天的这场革命则是一场实现中华民族伟大复兴的革命。

回顾一下新中国诞生五十多年的历史，我们可以看到，我国的民主与法制建设之路是极不平坦的，是非常艰难的。早在1953年年底，中央人民政府委员会第28次会议讨论通过的《关于政治法律工作的报告》，就曾经正确的指出："现在，大规模的有计划的经济建设已经开始了。在这种情况下，我们的政法工作，主要的已经不是进行像过去那样的社会改革运动，而是逐步健全和运用人民民主的法制，进一步巩固人民民主专政，同时，继续完成过去尚未

完成的某些社会改革，以保障经济建设和各种社会主义改造事业的完成，保护人民群众的民主权利使之不受侵犯……因此，我们就应加强全体国家工作人员和全体国民的守法教育，加强立法工作和司法工作，特别是保卫经济建设的立法工作、侦查工作和惩罚工作……"并规定了今后政法工作的四项基本任务：第一，健全人民民主的法制，保障经济建设的顺利进行；第二，进一步健全人民民主制度，加强自下而上的群众性的监督与批评；第三，保护人民的民主权利，使"人民群众的一切合法权益是应该被尊重的"，成为全体国家工作人员，特别是政法工作人员所切实遵守的原则；第四，保护国家财产，依法严厉制裁一切贪污和盗窃分子。❶ 随后不久，依据上述报告制定的一个指导性文件——《1954 年政法工作的主要任务》，把立法工作放到首位，并规定从立法、司法、检察、公安、民政等方面来加强法制。在 1954 年 9 月召开的第一届全国人民代表大会上，刘少奇同志作了《关于中华人民共和国宪法草案的报告》。刘少奇同志指出：宪法"给了我们目前的奋斗以根本的法律基础"，因此，"宪法是全体人民和一切国家机关都必须遵守的"，尤其是各级人民代表、一切国家机关及其工作人员，"在遵守宪法和保证宪法的实施方面，都负有特别的责任"；"中国共产党的党员应在遵守宪法和一切法律中起模范作用"，中国共产党还必须领导全国人民为保证宪法的完全实施而斗争，并按照宪法规定的道路来建设伟大的社会主义国家。❷ 这次全国人民代表大会不仅通过了新中国第一部宪法，而且通过了《全国人民代表大会组织法》、《国务院组织法》、《人民法院组织法》、《人民检察院组织法》等一批法律。毫无疑问，这是新中国民主与法制建设的良好开端。然而，好景不长，随后的一系列政治运动，特别是 1957 年开始的反右派斗争，严重干扰直至打乱了民主与法制建设的进

---

❶　参见王人博、程燎原：《法治论》，山东人民出版社 1998 年版，第 288 ~ 289 页。

❷　《刘少奇选集》（下卷），人民出版社 1981 年版，第 168 ~ 170 页。

程，许多对民主与法制建设发表过正确主张的法学界、法律界人士被加上了"反党"的罪名，被戴上了"资产阶级右派分子"的帽子，有的甚至被剥夺了工作的权利。许多在现代国家被视为天经地义的法治观点，却在这一时期受到了严厉批判，如"法律至上"的观点被批判为"以法抗党"，法律面前人人平等、法院独立进行审判、检察机关垂直领导、被告人有权聘请律师为自己辩护等，均被视为与阶级斗争和党的领导不符。❶到了1966年，"文化大革命"开始，林彪、"四人帮"篡夺了党和国家很大一部分权力，出现了草菅人命、横扫一切、无法无天的局面，直至砸烂公、检、法，全面否定社会主义法制，制造了大量的冤假错案，给党和人民带来了深重灾难。

粉碎"四人帮"以后，特别是1978年中国共产党十一届三中全会以后，党和国家大力发展社会主义民主，健全社会主义法制，提出了"有法可依、有法必依、执法必严、违法必究"的16字方针，立法的速度大大加快，并且在全国各地开展了有声有色的普法活动。但是，人们也不难发现，在法律、法规越来越健全的情况下，执法的状况却远远不能令人满意，有法不依、执法不严、违法难究的状况严重存在，知法犯法、执法犯法的问题屡见不鲜。这是为什么呢？我们认为，最根本、最重要的原因是我们的国家、我们的民族几千年来缺乏民主与法治的传统。在这一点上，我国的情况与欧美一些国家有很大不同。在欧美，不仅通过几百年的资本主义社会建立起比较健全的资产阶级民主与法制，而且在有的国家，早在奴隶社会与封建社会时期就曾实行过民主政治。例如，古希腊的雅典城邦以"公民大会"的形式使奴隶主阶级的成员参与城邦治理、监督公职人员，并以法律为一切活动的最高准则。意大利的佛罗伦萨共和国、威尼斯共和国、热那亚共和国等，在封建社会即由市民大会选举产生拥有立法权的市议会，并通过选举产生市政长

---

❶ 参见陈弘毅：《法治、启蒙与现代法的精神》，中国政法大学出版社1998年版，第159~160页。

官，市民还组成咨询机构等自治组织，辅佐市政长官行使职权及处理城市的各种事务。[1] 法治国家所尊崇的是法律，而我们国家几千年来，百姓们所尊崇的是明君，是廉吏，是清官。这种传统观念是根深蒂固的。发展到现在，人们还往往更相信领导者的"指示"，而对法律却有许多疑虑，以致人言可以重于法律，人言可以代替法律，人言可以干扰法律。这种观念极大地影响了执法环境，以致有法不依、执法不严、违法难究的状况屡见不鲜。不少人甚至对这种状况习以为常。

党和国家已经确定了依法治国的基本方略。依法治国的道路不管有多么漫长和艰难，我们都应当咬定建设"社会主义法治国家"的伟大目标不放松，不实现这一目标决不罢休。每一个共产党员都应当积极投身依法治国的伟大实践，在实践中加强法治修养，自觉地同传统的人治观念实行最彻底的决裂。

（二）共产党员要以知法为荣，以"法盲"为耻，在法治实践中自觉地学习法制

共产党员进行法治修养，既要积极投身依法治国的伟大实践，又要在实践中自觉地学习法制，通过法制学习不断增进对法治的理解，不断提高法律意识，加强法治修养。共产党员作为工人阶级和劳动人民的先进分子，应当以知法为荣，以"法盲"为耻，自觉地学习法制知识，扫除不知法、不懂法的"法盲"。干部党员和知识分子党员，特别是领导干部和高级知识分子中的党员，更要多学一点法律知识和法学知识；在一个地区、一个部门担负主要领导工作的共产党员，还要学得更好一点，特别是在法治修养方面，要努力使自己成为广大党员的楷模。

在学习法制方面，以江泽民同志为核心的党和国家第三代领导集体为我们作出了好榜样。他们的工作十分繁忙，可以说是日理万机，可是，他们为了适应依法治国的需要硬是挤出时间学习法制知

---

[1] 参见李江涛主编：《人大制度与人大代表》，红旗出版社1999年版，第5页。

识。从 1994 年底至 1999 年底，在 5 年时间里安排了 10 次中央法制讲座，江泽民等党和国家领导同志先后聆听了法学专家讲授的《国际商贸法律制度与关贸总协定》、《社会主义市场经济法律制度建设问题》、《关于依法治国、建设社会主义法制国家的理论和实践问题》、《国际法在国际关系中的作用》、《"一国两制"与香港基本法》、《科技进步与法制建设》、《金融安全与法制建设》、《社会保障与法制建设》、《依法保障和促进农村的改革发展与稳定》、《依法保障和促进国有企业改革》等。❶ 这些讲座内容，都是根据国内外形势的发展，针对我国改革和发展的重大问题确定的。每次法制讲座，中央领导同志都认真听讲，认真记录，认真讨论，并在讨论中提出许多问题同主讲人探讨。❷

党和国家领导同志的工作那么繁忙，却对学习法制知识那么重视，那么认真，那么坚持不懈，确实是值得广大共产党员学习的。无论在哪个岗位上工作的共产党员，都不应当借口"工作忙"而放弃法制知识的学习。同时，每个党员都应当从自己的实际出发，制订切实可行的法制知识学习计划，使自己由少到多，由浅入深，坚持学习，不断进步。作为党员领导干部，还要把法制知识的学习同现代经济、科技、管理、历史等方面知识的学习结合起来，特别是要认真、刻苦地学习马克思列宁主义、毛泽东思想、邓小平理论，不断地提高自己的思想理论素质，全面正确地理解和贯彻党的路线方针政策和国家的法律法规。要学会运用马克思主义的立场、观点、方法来观察和解决问题，提高辩证思维的能力，防止形而上学和片面性，这对于实现和保持全党思想上的统一、政治信念上的坚定、组织上行动上的一致，对于顺利推进依法治国的历史进程，是十分必要的，非常有意义的。

---

❶ 参见吴复民：《走依法治国之路》，载《半月谈》2000 年第 6 期。
❷ 参见吴复民：《走依法治国之路》，载《半月谈》2000 年第 6 期。

三、坚持法治修养的"三个结合"

首先，要坚持把法治修养同党性修养结合起来。

法治修养以党性修养为基础。一个不讲党性的党员，是不可能自觉进行法治修养的。党性修养以法治修养为时代特色。在发展社会主义市场经济、进行社会主义现代化建设的新时期，讲党性就必须讲法治修养，讲法治是新时期讲党性的必然要求。实际上，讲法治是新时期共产党员党性的重要表现。党章明确规定党组织和党员必须在宪法和法律的范围内活动，任何党组织和党员都没有自居于宪法和法律之外的特权。因此，讲法治又是讲党性的重要内容，法治修养是党性修养的重要内容。把法治修养上升到党性修养的高度，把法治修养同党性修养结合起来，不仅可以使法治修养事半功倍，而且也是共产党员在新时期增强党性的重要途径。

第二，要坚持把法治修养同道德情操的修养结合起来，坚持共产党人的革命气节，自觉地为建设社会主义的法治国家而奋斗。

改造客观世界和改造主观世界，始终是每个共产党员和党的领导干部的两项重要任务。改造主观世界，关键是要陶冶革命的道德情操，提高精神境界，牢固地树立正确的世界观、人生观和价值观，牢固地树立为党和人民的事业不懈奋斗的信念，牢固地树立依法治国的方略意识。在对外开放和发展社会主义市场经济的条件下，一些党员干部手上有了权力，经不住金钱、美色的考验，跌入违法犯罪的腐败泥潭，一个重要原因就是放松了对自己主观世界的改造，道德情操与法治观念均发生了大滑坡。共产党员特别是各级党员领导干部都应该坚持说老实话、办老实事、做老实人，坚持自重、自省、自警、自励。中华民族历来崇尚名节，有着"名节重于泰山，利欲轻于鸿毛"的深厚传统。江泽民总书记曾经引用古人的话说，"富贵不能淫，贫贱不能移，威武不能屈"，"先天下之忧而忧，后天下之乐而乐"，"天下兴亡，匹夫有责"等，都是古人留下的很有价值的思想。文天祥的名句"人生自古谁无死，留取丹心照汗青"，就是他在过珠江口外的伶仃洋时写下来的。我们共产党人更应自觉地加强个人的思想修养，加强对自己主观世界的改造，努力做到一身正气，严守党纪，堂堂正正，忠于法律。共产党人是立党为公的，是全心全意为民族、为国家的利益而奋斗的，绝不能为了个人那点蜗角虚名、蝇头小利而丧失党的原则，丧失做人的人格。保持革命气节，最重要的就是要坚持马克思主义的信念，坚定地走有中国特色社会主义的道路，坚定地为实现"社会主义法治国家"的伟大目标、为中华民族的伟大复兴而奋斗。共产党员无论在何种情况下，都应该忠诚于党和人民的事业，全心全意为人民服务，不改变革命的初衷，不丧失必胜的信心，更不能违法乱纪，自我堕落。违法乱纪往往是从道德情操的堕落开始的。每一个共产党员和党的领导干部，都应当自觉地把法治修养同道德情操的修养结合起来，努力做到廉洁奉公、艰苦奋斗，在拜金主义、享乐主义、极端个人主义和灯红酒绿的侵蚀面前，一尘不染，始终保持高尚的道德情操，自觉锻炼忠于人民、忠于法律的意志品质，真正养成共产党人的高风亮节和强烈的法治观念。

第三，要把法治修养同"三讲"结合起来，自觉地用整风精神克服人治观念，增强法治观念。

在全国县级以上党政领导班子和领导干部中开展"讲学习、讲政治、讲正气"教育，着重解决党性党风方面存在的突出问题，这是中国共产党面向新世纪为加强自身建设而采取的一项重大举措。开展"三讲"教育，就是为了更好地推进党的建设，为党在新世纪的奋斗进一步做好思想、政治和组织准备。

"三讲"教育不仅是推进党的建设的重要途径，也是进行法治修养的重要途径。是否自觉学习法制知识，是讲学习的一项重要内容；是否认真贯彻党的十五大精神，积极投身依法治国的伟大实践，是讲政治的一项重要内容；是否奉公守法，忠于法律，忠于事实真相，是讲正气的一项重要内容。因此，把法治修养同"三讲"结合起来，不仅有利于促进党员的法治修养，也有利于扩大"三讲"教育的效果。

情洒法治五十载
——著名刑法学家马长生教授法律人生扫描
《法制日报》记者　刘希平　采访整理

弹指一挥间，从学习法律到政法干部再到桃李满天下的法学专家，马长生教授的法律人生已走过了 50 载风雨。

作为一名见证新中国法治进程的法学专家，谈起自己 50 年的法律人生，马长生教授感慨颇多。在秋末冬初的一天，《法制日报》记者和这位法学专家进行了一次长谈。一位情洒法治 50 载法学专家的法律人生，悄然浮现在了记者眼前。

政法干部到法学专家的华丽转身

马长生教授于 1964 年从部队考入北京政法学院（中国政法大学前身），开始了他半个世纪的法律、法学人生。他是我国著名刑法学家、资深学者、教授、博士生导师、享受国务院政府特殊津贴专家、湖南省法学会原副会长、省法学会刑法学研究会名誉会长、湖南师范大学原正校级督导员。曾长期兼任湘潭大学法学院教授、博士生导师。现任湖南师范大学法学院荣誉教授，长沙理工大学特聘教授、博士生导师。

马长生教授大学毕业后较长时间从事政法工作，曾任湖南省人民检察院研究室副主任，湖南省政法委调研处长，湖南省综治办副主任。1992 年 1 月任湖南省政法管理干部学院副院长，1995 年 8 月获副研究员任职资格，1998 年 8 月获研究员任职资格。2001 年 11 月任湖南师大正校级督导员。从改革开放以来，马长生教授在从事政法工作和高校行政管理工作的同时，充分利用一切业余时间进行学术研究与科研活动，先后出版学术著作、教材等二十余部（包括主编与合著），发表学术论文与调查报告等文章一百三十余篇。从学习法律到司法实务界再转战到法学理论界，马长生教授经历了近半个世纪的法律人生。

"从政法干部到学者，从执行法律到研究法律，我做了几十年的法律人。"

"我今生同法律有缘"

少年时期，我曾酷爱文学，做过不少文学梦。但后来应征入伍改变了我的人生轨迹。1961年，国家处于严重的自然灾害等原因造成的困难时期，当年未从农村征兵，只征在校学生和在职职工。那时我17岁，正在山东莘县一中读高一，也报了名，因年龄小未被批准。可是，同班一位谭姓同学接到了入伍通知书后离校未归，我被临时补缺应征入伍，没来得及回家同家人告别，就坐上了部队接新兵的汽车离开我读书所在的县城。

1964年初夏，我所在的部队接上级通知，推荐一部分士兵报考地方高等院校的政治、法律专业，我被部队推荐报考了北京政法学院。当年高考时我穿着一身军装走进考场，几场考试下来，我感觉考得很不错，后来果然接到了北京政法学院的录取通知书。当年9月初，我按照规定办理退役手续之后，进入北京政法学院读书。首都，高校，法律，知识渊博的老师，这一切对于我这个农民家庭出来的学子来说，都是那么新鲜，那么亲切。我如饥似渴的读书，学习成绩在班里名列前茅。寒暑假期，我都不回家，留在学校读书。1965年寒假，我和同班的两位同学相约到著名劳动模范、掏粪工人时传祥所在的崇文区清洁队去义务劳动。每天早饭后，我们换上工作服，跟车去一个个单位和一户户居民家里掏粪。那时候，北京还有不少居民住在平房里，用的是旧式的厕所，要靠清洁工人定期去家里清洁厕所。有一次，我去一户居民家里掏厕所，进出厕所居然要经过厨房的锅灶旁边，过道非常狭窄，由于体力和技术同掏粪师傅相比都有明显差距，我背着一桶粪便，非常吃力，唯恐粪便从桶里溅出来，在狭窄的过道里一小步一小步的往外挪，好不容易挪出那家的门口，谢天谢地，总算没有出事故，身上却出了一身汗。一周的劳动结束了，从内心觉得清洁工人实在伟大，时传祥就是他们的优秀代表。时传祥多少年如一日，不怕臭不怕脏，为千家万户的清洁卫生而辛苦劳动。时任国家主席刘少奇接见时传祥时说："你当清洁工人，我当国家主席，只是分工的不同，我们都是为人民服务。"那时我想，我一定学好法律，今生一定要用法律知识好好地为人民服务。

从事政法工作二十余年

我从 1968 年大学毕业到 1992 年 1 月到高校任职，这二十几年的时间里，除了短暂的从事其他工作外，基本上都是在政法机关工作。二十多年的政法工作有三件事情至今记忆犹新。

第一件事。1973 年，我在内蒙古额尔古纳左旗人民法院担任审判委员会委员和办公室负责人，奉命参加专案组，对旗公检法被"打倒"的领导干部进行审查和甄别。其实，专案组也只有两个人，另一位是当时的旗物资局局长，是 1947 年参加革命的一位非常正直的老干部。我们两人经过半年多的调查取证，最后的结论是：旗公检法所有被造反派"打倒"的领导干部，都是无辜的、冤枉的，他们之所以被"打倒"，是"极左思潮"下"砸烂公检法"的恶果。庆幸的是，我们的调查结论得到了旗委的认可，所有被"打倒"的公检法领导干部，除一名被迫害致死的之外，均被安排了适当的工作。

第二件事。1980 年，我在湖南省检察院监所检察处工作期间，在湖南省三监狱进行监狱检察试点工作。其间，我审查了该狱部分在押犯人的申诉材料，发现其中确有一些申诉有理，属于"文革"期间的冤假错案。例如，有一位在押犯人，原为农民，因为做点小生意，他赖以谋生的小推车被公社干部没收，这位农民多次讨要未果，遂对从公社到中央的领导干部进行咒骂，结果以反革命罪被判刑。对这些疑似冤假错案，我建议监狱部门向原判法院发函提请纠正，使一部分冤假错案的受害人被平反释放。有一位 15 岁时以反革命罪被判处无期徒刑的在押人员，被释放后一直表现很好，并娶妻生子，过上了幸福生活。

第三件事。20 世纪 80 年代，我在湖南省政法委先后任调研处长和省综治办副主任，调查总结了石门县实行"四长"（乡长、村委主任、组长、家长）责任制，推动综合治理措施落实的经验。家庭是社会的细胞。"四长"责任制的核心内容是通过评选合格家长，有效促进千家万户家长的责任心和素质的提高，并由家长带动家庭成员，共同遵守国家法律，共同走劳动致富的道路，从而有效地减少了违法犯罪，促进了经济发展。在全国的刑事案件居高不下的情况下，石门县的刑事案件却连年下降。我走访了石门县的不少基层干部和普通农民，大家都反映"四长"责任制给农村带来了积极变化。"四长"责任制同农村实行家庭联产承包责任制的新变革相适应，是在新形势下落实农村社会治安综合治理的有效途径。我就此撰写的多篇调查报告，先后被湖南省政法委员会编印的《湖南政法动态（社会治安综合治理专刊）》、上海《社会》月刊及北京的《青少年犯罪研究》刊载，使"四长"责任制在省内外产生了一定影响，不少地方学习和引进"四长"责任制，都收到了很好的效果。

成功实现从领导干部向学者转型

马长生在机关的最后一个职务是湖南省综治办副主任。1991年12月，湖南省委决定将马长生派到刚刚由韶山迁到长沙的湖南省政法管理干部学院担任副院长。他分管教学与科研工作。对于科研，马长生并不陌生。他在机关就与著名刑法学家、中国社科院法学所研究员欧阳涛先生共同主编并为主撰写过《经济犯罪的定罪与量刑》，该书在1988年出版后，他又主编并为主撰写了《渎职犯罪的定罪与量刑》。此前，他还与人合作撰写了《诉讼逻辑》（1986年出版），并在报刊上发表了十多篇学术论文。1995年8月，从机关到学校仅三年多的时候，他获得了副研究员任职资格，1998年8月，他被破格晋升为研究员（正常晋升需要5年）。2001年，他获得国务院政府特殊津贴。2008年12月1日，他作为首届"中国优秀法学成果奖"的40名获奖者之一，出席了在北京人民大会堂举行的颁奖会。从20世纪80年代以来，马长生教授已有8

项成果获得省部级以上奖励。马长生教授还是湖南师范大学刑法学科建设的主要奠基者，是湘潭大学第一个给研究生讲授国际刑法学的学者，是长沙理工大学工程刑法学学科建设与学科理论的奠基者之一。同时，他也是改革开放以来湖南省刑法学研究事业的主要组织者、开创者和奠基者之一。从领导干部到学者的角色转换，马长生教授是成功的。

记者问："您在学术上的主要建树是什么呢？您的哪些法学观点比较有影响？"

马长生教授做了如下回答：

说实在的，我不觉得自己在学术上有什么成就。我国刑法学界有若干大师级的人物，还有许多杰出的中青年刑法学家，比较他们，我在学术上实在微不足道。当然，我自己在学术上也一直在努力，在探索。

经济犯罪的概念是研究经济犯罪的逻辑起点，也是难点。我比较早的涉足经济犯罪的研究。经济犯罪的概念问题，在国内外都争论较大且至今未形成比较一致的认识。我在 1988 年编著《经济犯罪的定罪与量刑》时就论述过经济犯罪的概念。2005年，在撰写《经济犯罪热点问题研究》中，我对经济犯罪概念的表述作了进一步的完善："所谓经济犯罪，是在经济领域直接破坏经济秩序的犯罪，也就是说，它是行为人或单位通过制售伪劣商品、走私等非法活动直接危害社会经济秩序，或通过侵犯财产所有权，或通过侵犯国家工作人员职务行为的廉洁性以及破坏环境资源保护或进行走私、贩卖、运输、制造毒品等而妨害社会管理秩序，而又同时危害社会主义市场经济秩序和经济关系，触犯刑律，应当追究刑事责任的行为。"根据这一概念，我把经济犯罪划分为两大类，即标准形态的经济犯罪（仅侵害经济秩序）与非标准形态的经济犯罪（在侵害经济秩序的同时还侵害其他受刑法保护的社会关系）。这应当算是关于经济犯罪概念问题的一家之言吧。有些学者赞成我对经济犯罪概念的表述，但我的观点能否被学界普遍接受，还需要时间和实践来作结论。（据记者了解，

《经济犯罪的定罪与量刑》出版后在学界与实务界广受好评，马克昌教授主编的《刑法学全书》——上海科技文献出版社 1993年出版，陈兴良博士主编的《中国法学著作大词典》——中国政法大学出版社 1992 年出版，均收入这部著作并给予较高评价）

我在关注经济犯罪的定罪量刑问题的同时，还特别关注着在打击经济犯罪中保护改革，保护无辜者，保护不构成犯罪的企业家。必须将改革中的失误与经济犯罪区分开来。对于确有经济犯罪行为的企业家，也要将他们的犯罪行为与正当的企业活动区分开来，不要株连他们的正当企业活动，不要因为一人犯罪就将一个对社会、对国家有益的企业搞垮。为此，我先后撰写了《关于在打击经济犯罪中保护改革问题》（载《湖南法学》1986 年第 6 期）、《论市场经济与准确打击经济犯罪》（载《法学家》1995 年第 4 期）。对于司法人员尚不熟悉的一些新罪名，我也及时研究相关案例，进行理论分析。例如，骗取贷款罪如何区分罪与非罪的界限，在司法实践中争议颇多。我为主撰写了《从四个层面解析骗取贷款罪司法认定》（载《检察日报》2010 年 7 月 12 日），对于司法人员统一对本罪的认识收到了较好的效果，并促进了某县一起错案的解决。

我国 1997 年刑法规定了单位犯罪之后，我在《政法论坛》（中国政法大学学报）1997 年第 6 期发表了论文《论新刑法对单位犯罪的规定》，对单位犯罪作了多方面的比较能经得起历史检验的分析。文章首次提出单位犯罪的主体是复合主体的论点。"单位犯罪的主体是复合主体，是由法人或非法人社会组织为形式，以自然人为内容复合组成的特别主体。""所谓复合主体，是与单一主体相对而言的、由两重成分结合而成的主体。所有的自然人犯罪都是单一主体。复合主体既有别于单一主体，又不能简单地把它看作两个主体。复合主体是由单位和单位成员（在一般情况下是单位的部分成员）这样两个具有内在联系的主体合二为一，既可以统称为一个主体——单位，又可以在量刑时一分为二，对单位和单位的直接责任人员分别适用刑罚。在单位犯罪的构成中，复合主体在统一的犯罪构成中是一个主体，又可以在单位的整体犯罪构成与单位直接责任人员的个体犯罪构成的相对区分中，相对分为两个主体。这也是单位犯罪实行双罚制的依据。"也只有这样认识问题，才能掌握单位犯罪的实质特征。这篇 12 000 字的论文首先在 1997 年夏于宁夏召开的全国刑法学年会上发表，得到许多同仁的肯定。（据记者了解，这篇文章先后被最高人民检察院授予"首届精神文明建设金鼎文章奖"二等奖，被中国法学会授予"海南杯世纪优秀论文"三等奖，并分别入选高铭暄教授主编、赵秉志教授、胡云腾教授执行主编的《刑法学研究精品集锦》——法律出版社 2000 年出版；高铭暄教授、赵秉志教授主编的《新中国刑法学五十年》——中国方正出版社 2000 年出版；丁慕英等主编《刑法实施中的重点难点问题研究》——法律出版社 1998 年出版；胡驰、于志刚主编的《刑法问题与争鸣》——中国方正出版社 1999 年出版）

腐败犯罪问题，是国际社会共同面临的问题，也是我国社会各方面共同关注的问题。要同腐败犯罪进行有效的斗争，当然需要社会各方面共同努力。作为学者，需要将腐败犯罪的现状、原因和预防作为一门学科进行深入研究。上个世纪末，我同蔡雪冰教授合作撰写了两篇文章，即《关于构建腐败犯罪学的几个问题》和《腐败犯罪学论要》，先后在《中国青年政治学院学报》2000 年第 3 期和《法学杂志》2001 年第 3 期发表，率先提出构建"腐败犯罪学"并对相关问题进行了研究，同时与林喆、蔡雪冰教授合作，共同完成了由我主持的、由湖南省社科成果评审委员会、湖南省社科联 1999～2000 年立项的重点科研课题《腐败犯罪学研究》，由北京大学出版社在 2002 年出版。这部著作是将腐败犯罪的相关理论问题作为一门学科进行系统研究的一次尝试，包括腐败犯罪学的研究对象，中国封建社会的腐败犯罪与惩治，当代国际社会的腐败犯罪与惩治，中国转型期腐败犯罪的现状、特点和增生之因，腐败犯罪惩治的一般措施，腐败犯罪惩治的难点及对策等，均逐一进行了认真研究。此外，还对国有企业腐败犯罪、司法腐败犯罪、贪污贿赂犯罪的特点、成因和对策作了特别研究。腐败犯罪学这部著作出版后，中央党校的《学习时报》作了报道，中央纪委监察部一位同志还约我讨论了相关问题。

2004 年，我为主撰写的《国际公约与刑法若干问题研究》在北京大学出版社出版。这部著作将国际公约的宏观视角与我国刑事立法与司法中的微观问题相结合，对不少问题进行了前瞻性的研究。全书分为上下两篇，分别对国际公约与我国的刑事政策及刑罚问题，国际公约与我国刑法分则的相关问题进行了十五个方面的系统研究。这部著作的很多观点被后来的立法所接受。例如，对延续多年的"严打"政策、死刑政策、"坦白从宽、抗拒从严"政策进行调整的问题，在刑事立法和司法中重视人权问题，降低侵犯知识产权的入罪门槛问题，涉黑犯罪与洗钱犯罪的立法修改问题等。著名刑法学家、中国刑法学研究会会长赵秉志教授在《检察日报》2005 年 2 月 5 日第三版以《在国际公约框架内研究我国刑事法治》为题发表书评，认为这部著作"开辟了刑法学研究的新境域"，"其积极意义和学术价值是显而易见的。"赵秉志教授在书评中写道："马长生教授以其敏锐的学术洞察力，在我国签署或者加入的国际公约框架内，选择与我国刑事法治发展完善密切相关的问题作为研究对象，弥补了我国刑法研究的不全。""结合国际公约，本书将一系列新型犯罪纳入研究视野，并进行了较为深入的探讨。""综观全书，其中提出了许多富有前瞻性和启迪性的观念。"

2002 年 12 月，在"中国 - 欧盟死刑问题国际研讨会"上，我提交了《死刑适用限制论》这一论文，中心思想是分阶段减少我国的死刑适用，直至 2020 年全面建成小康社会，我国各方面的条件有了重大改善之后，再考虑在我国全面废除死刑。这一观点受到了媒体的广泛关注。

2007 年 2 月，我与彭新林（我指导的硕士研究生）合作，在上海《法学》2007 年第 2 期发表了《关于我国刑事政策改革的一点构想——论社会主义法治理念下的前科消灭制度》。这篇二万一千多字的文章，对我国构建前科消灭制度的理论与实际问题进行了比较系统的具有开拓性的研究，刚一发表即被中国法学会的《法学文摘》摘要上报中央有关部门，并经专家评选，被评为中国法学会授予的首届"中国法学优秀成果奖"40 项优秀成果之一。

2008 年，我与我指导的研究生陈红艳合著的二万一千余字的论文《国际公约视角下的自首扩容研究》在当年的《山东警察学院学报》第 2 期发表（中国人民大学书报资料中心《刑事法学》2008 年第 8 期全文转载）。这篇文章对自首扩容的必要性、可行性与自首扩容的具体内容，进行了较为系统的研究，对我国自首制度的完善具有一定的理论意义与实践意义。

对我国刑事法治中的人权问题进行研究至今还是个比较新的问题。在人权入宪的新形势下，我对我国刑法的人权保障机能进行了认真研究。2008 年，我与我指导的研究生刘志英合著的论文《论我国刑法的人权保障机能》在《中南大学学报（社会科学版）》第 5 期发表。这篇文章对我国刑法在人权保障机能方面的作用、缺陷和完善措施进行了比较系统的研究，曾受到著名刑法学家马克昌教授的充分肯定，对刑法修改具有一定参考意义。

2010 年，我与罗开卷博士合作的论文《市场信用刑法立法思考》在当年的《中国刑事法杂志》第 6 期发表。这篇一万多字的文章指出，市场经济不仅是法制经济，而且是信用经济。市场经济的健康有序发展，既要依靠健全的法制，也有赖于一个良好的市场信用环境。所谓市场信用刑法，就是刑法典和其他法律有关惩治市场背信犯罪的法律体系的总称。文章认为，刑法保护市场信用符合国际社会市场经济下刑事立法的发展趋势，但我国刑法典涉及市场信用的章节和法条几乎均未使用"信用"二字（仅有区区三个罪名含有一个"信"字），而刑事法条对罪状的表述（进而影响到刑法教科书对犯罪客体的表述）同样体现了国家反对什么、提倡什么，同样是国家意志的重要体现。不过，刑法介入市场信用必须适度，既要体现刑法的节俭性，又应当体现轻刑化的立法趋势。文章还对市场信用刑法体系的构建要点提出了七个方面的意见。

如何对我国的法治建设给予理论上的支持与促进，我也作了较多的思考。首先，为了提高政法干警的素质，提高政法机关和执法工作的公信力，我为主撰写了《政法职业道德概论》（群众出版社1993 年出版），这是关于政法职业道德的早期著作，被省内外多所高校选为教材。第二，我较早提出并撰写了《增强法制观念是精神文明建设的重要一环》（载《法学学刊》1996 年第 4 期）；第三，为了提高党员和党的干部的法治素养，我为主撰写了《论新时期执政党党员的法治修养》（载《湖南省政法管理干部学院学报》2000 年第 3 期，中国人民大学书报资料中心《中国共产党》2000 年第 8 期全文转载），这篇一万多字的论文论述了在新时期共产党员为什么要加强法治修养；共产党员必须投身依法治国的伟大实践；要坚持法治修养的"三个结合"，即坚持把法治修养同党性修养结合起来，坚持把法治修养同道德情操的修养结合起来，坚持把法治修养同讲学习、讲政治、讲正气结合起来，自觉地用整风精神克服人治观念，增强法治观念。这篇文章发表之后，有的政府网站作了转载。第三，我主持了湖南省社科规划课题（2000～2001年）《依法治省研究》（湖南人民出版社 2000 年 5 月出版），受到学界好评。河北省社科院研究员李学斌在《公安大学学报》2000年第 6 期发表书评认为，这部著作是"分层探讨依法治国问题的一部力作"。这部著作先后获得中南五省（区）优秀社科读物优秀图书奖（2001 年 8 月），湖南省第六届社科优秀成果奖（2002 年 6月）。

对刑法分则的研究，我比较注重理论与实际相结合。有不少文章是我在收集、研究大量疑难案例的基础上写出来的。例如，早在20 世纪 80 年代，学界对强奸犯罪的本质特征争议较多的时候，我在调查研究的基础上先后写了《关于强奸犯罪中被害妇女的意志问题》（载《湖南法学通讯》1984 年第 2 期），《对强奸犯罪中"违背妇女意志"若干问题的探讨——与江任天同志商榷》（载《法制园林》1985 年第 2 期），《论强奸罪的构成要件与该罪本质特征的关系——同刘菊舟同志商榷》（载《湖南法学》1986 年第 4期）。我在文章中提出，"在强奸犯罪活动中，作为被害者的妇女，出于种种不同的动机，诸如珍惜自己的贞操、名誉，珍惜夫妻关系，不喜欢行为人，怕怀孕等，因而并无同行为人性交的目的。所以，被害妇女的意志是不同行为人（强奸犯罪分子）性交，并且必然通过言语和行为表现出来。但是，由于被害妇女意志强弱之不同、不同意性交的动机及其他主观素质之不同，由于犯罪发生的时间、地点和环境条件以及犯罪手段之不同，被害妇女的意志在言语和行为上的表现是千差万别的，大体上可以分为八种类型"，即刚烈型，机智型，懦弱型，幼稚型，愚昧型，沉默型，变化型，半推半就型（这种类型又有两种，即强奸性质的半推半就与和奸性质的半推半就）。总之，由于诸多原因，"被害妇女不同意性交的意志在言语和行为上的表现会有许多不同，剧烈反抗者有之，苦苦哀求者有之，斗智斗勇者有之，惊慌失措者有之，高声呼救者有之，呆若木鸡者有之，严词斥骂者有之，虚与委蛇者有之，誓死不从者有之，由于迷信、重病、麻醉或其他精神的、物质的强制因素而无从反抗者亦有之。这种种不同情况，绝不能只用一个模式去衡量，而只能通过对基本案情的辩证分析，由表及里，由浅入深，去粗取精，去伪存真，才能把握本质，准确判断性行为是否违背妇女意志。"我对强奸罪的分析，得到学界重视，上海《法学》编辑部的内部刊物《法律询问》摘登了《关于强奸犯罪中被害妇女的意志问题》，著名刑法学家高铭暄教授主编的《新中国刑法学研究综述》（河南人民出版社 1986 年出版）第 600 页使用上述一段文字作为对强奸罪争议问题的结论性叙述。

我非常关注刑事错案问题。我与我的学生合作先后撰写了《论刑事错案的原因与预防》（载张智辉主编《中国检察》第 13 卷，北京大学出版社 2007 年出版）、《论佘祥林规则》（载《中南林业科技大学学报·社会科学版》2007 年第 1 期）、《我国诉讼监督的一个难点及其破解——析"严禁"语境下的刑讯逼供》（载《时代法学》2012 年第 1 期）。其中，我与本人指导的学生马晓云合著的论文《论刑事错案的原因与预防——以刑事检察权的运行为视角》，于 2006 年获最高人民检察院颁发的"第七届全国检察理论研究年会优秀论文"一等奖。

　　马长生教授概略地介绍了他的部分学术建树。其实，他的学术建树远不止这些。回顾 50 年的法律人生，他感慨地说：新中国成立六十多年来，我们曾经有 30 年没有刑法典，1979 年颁布了第一部刑法典，1997 年进行修订，之后又多次进行修正，我国的刑事法治正沿着建设社会主义法治国家的方向不断发展。我们伟大的国家在中国共产党领导下不断地发展和进步，给我的工作、学习和研究提供了条件，提供了机遇，指明了方向。没有党的领导和国家的进步，我可能一事无成。我非常爱我们的党，爱我们的国家。我相信，在我们党的领导下，建设社会主义法治国家的伟大目标一定能够实现，中华民族的伟大复兴一定能够实现。

后　记

早在 2012 年夏，湖南省刑法学研究会、长沙理工大学文法学院、湖南师范大学法学院、湘潭大学通程刑事法研究中心决定在 2013 年 6 月共同举办"马长生教授从事法律法学工作 50 年暨 70 华诞学术庆典"，并建议我将自己的法学文选和诗词曲选集在会前出版以便发给到会的朋友。盛情难却，我只好在整理我的法学文选的同时，抽出点滴时间将多年来填写的诗词曲收集起来，整理编辑成书，并命名为《强国梦歌》。九十多万字的法学文选《刑事法治的多方位思考》以及学界朋友们的祝贺文集《变革时期的刑法理论与实践》已按照预定计划由法律出版社在 2013 年 6 月出版，而《强国梦歌》却由于时间紧迫，难以按照预期时间公开出版，好在湖南师范大学出版社急人所难，在会前报经出版局同意，对《强国梦歌》抓紧编排，匆匆作了内部出版，以应会议之需。会后，我对这本集子又作了一些修改，并在原来 79 首诗词曲的基础上又增加 9 首，共计 88 首，交由知识产权出版社在北京公开出版。

在修订后的《强国梦歌》即将面世之际，我要向为这本诗词曲选集的出版付出辛勤劳动的朋友以及多年来关心、帮助我的其他朋友致以真挚的谢意。

首先，我要感谢湖南师范大学文学院副教授、硕士生导师胡海义博士。海义博士虽然年轻，但在文学领域却是很有造诣的专家，有他对这本选集从头至尾进行了认真的审阅，并得到他的首肯，而且还对若干词句提出了很好的修改意见，使我受益不小。

我要感谢张晓军、博文、许超、滕宇四位年轻的书法家。他们分别毕业于中央美术学院、湖南师范大学美术学院和文学院，自幼演习书法，已有了较深的功底。他们分别将我的部分诗词曲书写为漂亮的书法作品，为这本集子增色不少。

　　我要特别感谢政协湖南省委员会委员、著名企业家、湖南恒康零售连锁有限公司董事长赵亚辉同志。赵亚辉出身于一位优秀的政法实务工作者之家，自幼对国家的富强、民族的复兴、人民的幸福特别关心，热心于支持刑法学研究事业，为富民强国做了许多实实在在的工作。

　　我还要感谢全国刑法学界诸多老师和同仁，特别是著名刑法学家、新中国刑法学的主要开拓者、奠基人和优秀代表高铭暄教授、马克昌教授（已故）、王作富教授、曹子丹教授等等老一辈刑法学家多年来对我的关心、帮助和支持，感谢我的许多同事、学生多年来对我的真诚关心和鼎力支持。

　　最后，我要感谢知识产权出版社和责任编辑彭小华、执行编辑王岩等编辑人员为这本集子的出版所付出的辛劳，还要感谢湖南师范大学出版社郭振兰副社长等编辑人员为这本集子在 2013 年 6 月的内部出版所付出的辛劳，向各位编辑人员道一声"辛苦了！"

马长生

2014 年 1 月 20 日